受昆明学院国家一流专业"汉语言文学"专业建设经费资助。

云南古代文学理论文献整理与研究丛书

张国庆◎主编 | 段炳昌 孙秋克◎副主编

《荫椿书屋诗话》《味灯诗话》笺注

董雪莲◎笺注

中国社会科学出版社

图书在版编目(CIP)数据

《荫椿书屋诗话》《味灯诗话》笺注/董雪莲笺注. —北京：中国社会
科学出版社，2024.9

（云南古代文学理论文献整理与研究丛书）

ISBN 978 - 7 - 5227 - 3490 - 3

Ⅰ.①荫…　Ⅱ.①董…　Ⅲ.①诗话—中国—清代　Ⅳ.①I207.22

中国国家版本馆 CIP 数据核字（2024）第 086044 号

出 版 人	赵剑英
责任编辑	郭晓鸿
特约编辑	杜若佳
责任校对	师敏革
责任印制	戴 宽

出　　版	中国社会科学出版社
社　　址	北京鼓楼西大街甲 158 号
邮　　编	100720
网　　址	http://www.csspw.cn
发 行 部	010 - 84083685
门 市 部	010 - 84029450
经　　销	新华书店及其他书店

印　　刷	北京明恒达印务有限公司
装　　订	廊坊市广阳区广增装订厂
版　　次	2024 年 9 月第 1 版
印　　次	2024 年 9 月第 1 次印刷

开　　本	710×1000　1/16
印　　张	12.5
插　　页	2
字　　数	162 千字
定　　价	69.00 元

目　录

《云南古代文学理论文献整理与研究丛书》序

张国庆

在云南古代，有的少数民族也有自己的文学理论著述，如傣族的《论傣族诗歌》。但从总体上看，汉族的或说受汉文化直接影响而产生发展于古代云南的文学理论，是云南古代文学理论的主体。本丛书所整理与研究的对象，正是这一主体。这一主体与所谓"中国古代文学理论"一脉相承，可以说是产生发展于"古代云南"这个特定时空境域中的"中国古代文学理论"，是"中国古代文学理论"的一个有机构成部分。由于学界对云南古代的文学理论的研究开展得较晚且不够充分，一般学者和读者对它和与它相关的一些情况不甚了解，故有必要对于与它产生发展相关的社会文化历史背景以及它本身的基本情况、相关的研究情况等依次略作介绍。之后，也将对与本丛书相关的一些情况进行介绍。

一

高山深谷，重峦叠嶂；边鄙蛮荒，道阻且长。极其复杂的自然地理条件和极其艰险的交通危途，使古代云南与中原在经济文化诸方面的距离似乎要比其相隔甚远的实际地理距离显得更为遥远。双方在经济文化诸方面的沟通交流，其艰难程度远非我们今天一般人所能想象。然而，中原的高度发达与古代云南的缓缓后进之间所形成的巨大落差，并没有阻止具有强大渗透力的中原文化通过各种管道对滇文化产生深刻的影响。这一影响过程虽艰难曲折，但毕竟又随着久远的历史演进而不断扩大与深化。

战国时期，楚将庄蹻率军入滇，称王于滇中。时日一久，将士们尽皆"变服从其俗"，融入当地土著（"蛮"和"夷"）文化中去了。此一番楚融于滇的文化碰撞，实发了中原文化长期影响滇文化之先声。汉武帝元封二年（公元前109年），滇王降汉，汉以其地（今滇池一带）设益州郡，开始了中原王朝对古代云南的实际统治。汉晋、南北朝时期，内地更迭频仍的政权对滇地的虽松散乏力而仍持续不断的统治，以及内地移民的不断到来，渐次将浓郁的汉文化之风吹进了一向为高山大川深锁其门户的这一方边远蛮荒之地。例如出土于云南曲靖的早已蜚声海内外的那两块南碑瑰宝——《爨龙颜碑》和《爨宝子碑》，就是很好的明证。公元8世纪中叶，南诏国统一云南。一方面，南诏王室积极引进并学习汉文化。南诏曾虏唐嶲州西泸县令郑回，南诏雄主阁罗凤"以回有儒学……甚爱重之"（《旧唐书·南诏传》），后更委以清平官①要职。而据郑回所撰《南诏德化碑》碑文②，阁罗凤更是

---

① 《新唐书·南诏传》："官曰坦绰，曰布燮，曰久赞，谓之清平官，所以决国事轻重，犹唐宰相也。"
② 历来典籍和大多数学者认为或倾向于认为《南诏德化碑》的作者是郑回。1978年，有学者撰文论证，此碑作者并非郑回，而是王蛮盛。1985年至1987年，王宏道先生在《云南社会科学》和《云南民族大学学报》接连发表《〈南诏德化碑〉碑文作者为王蛮盛质疑（上）》、《〈南诏德化碑〉碑文作者为王蛮盛质疑（下）》、《"〈南诏德化碑〉作者问题答疑"读后驳答（上）》三篇文章。王文论据丰富翔实，论证深入周详，分析透彻明晰，逻辑周密顺畅，得出确定不移的结论：碑文作者，就是郑回。王文此一结论，大约可为《南诏德化碑》作者一案定谳。然而，自20世纪90年代以来的多种著述，既无视（或根本未睹）王氏之论，亦不自行深入考辨，率尔即认定此碑作者为王蛮盛，不能不令人十分遗憾！笔者认为，今后凡欲论此碑作者问题者，皆当研读王文而后言之。

"不读非圣之书"。另一方面，唐王朝积极扩大汉文化对南诏的影响。唐剑南西川节度使高骈《回云南牒》称，唐王朝对南诏曾"许赐书而习读……传周公之礼乐，习孔子之诗书"。正是在双方的共同努力下，汉文化对南诏产生了深广的影响，以至南诏国中出现了"人知礼乐，本唐风化"（《新唐书·南诏传》载阁罗凤孙、南诏王异牟寻语）之景象。继南诏而起，大体上与中原两宋王朝相始终的大理国，由于赵宋王朝无力远顾，加之佛教盛行，其受汉文化的影响实较南诏为弱。元灭大理，建云南行省，兴学校，建孔庙，播儒学，使得云南境内不少地方"师勤士励，教化大行"①。明清两代，云南被纳入中央集权政府的直接统治，于是移军屯戍，沟通商贾，发展矿业，更广置学校，推被儒学，开科取士，使云南子弟翕然向学，云南文化蓬勃发展。袁丕钧《滇南文化论》谓明代云南文化有"骎骎与江南北地相颉颃"之盛，当非虚语。可以说，在元代尤其是明清以后，中原汉文化全方位地直接渗透融合进滇文化之中，并成了滇文化中具有主导意义的重要成分，成了滇云各族人民生活、生产尤其是相互交往赖以维系的主要纽带。

汉文化对滇文化影响渗透的进程也反映在文学领域中。今见于典籍的古滇最早的汉文歌诗，主要有西汉武帝时的《渡兰沧歌》和东汉明帝时的《白狼王歌》。总的看，古滇早期的歌诗、文学已受到汉文化、文学的浸染，但这浸染还明显缺乏深度和广度。南诏、大理国时期，汉文歌诗和文章，在量与质上都有了较大的发展。南诏布燮②杨奇鲲的《途中诗》和大长和国③布燮段义

---

① 支渭兴：《中庆路增置学田记》，见方国瑜主编《云南史料丛刊》第六卷，云南大学出版社 1999 年版，第 371 页。

② 《新唐书·南诏传》："官曰坦绰，曰布燮，曰久赞，谓之清平官，所以决国事轻重，犹唐宰相也。"

③ 大长和国：公元 902 年，南诏权臣郑买嗣（郑回七世孙）篡夺南诏政权，建立大长和国。公元 926 年，大长和国灭亡。

宗的《思乡》，均被收入《全唐诗》，即是突出的例证。而《南诏德化碑》碑文，更是曾被史家评为"胎息左氏，其辞令之工巧，文体之高洁，俱臻上乘。三千余言，一气呵成，名章隽句，处处有之，在有唐大家中，亦不多觏"①。此碑之铭文，亦被评为"掷地有金石声，非凡响也"②。元代云南汉文化影响持续扩大，但汉文学作品见诸记载者极却为有限，此中原因，尚待云南地方文学史家探究。明清时期，伴随中原汉文化全方位渗透融合进滇文化之中，云南汉文学情势大变，云蒸霞蔚，顿显壮观。当时已有多种诗文总集、合集、选集刊行于世，如《滇南诗略》《滇南文略》《滇南诗选》《滇诗嗣音集》《滇诗重光集》等。民国时期编纂的《新纂云南通志》，著录已刊、未刊的个人诗文集有千种左右。而民国时期编辑出版的《滇文丛录》和《滇诗丛录》也各有一百卷之多。借用前引袁丕钧《滇南文化论》之语，则明清时期云南诗文之盛，亦可谓"骎骎与江南北地相颉颃"矣。总而言之，汉文化、文学对滇云文学的影响，由浅入深，由窄趋宽，至明清而达于极致。这与汉文化对整个滇文化的影响渗透历程若合符契。

二

元代以前，云南（"古滇""滇云"）文学理论尚未露端倪。一方面，文学理论的产生总有赖于文学创作实践的一定程度的发展，元代以前发展相对稚弱的滇云文学还不足以成为孕育文学理论产生的合适的土壤。另一方面，其时相对稚弱的滇云文学尚未有对理论的较为明确的需要，故面对早已走向成熟的中原汉文学理论也未受到明显的影响。明代以后，随着滇云汉文学的日趋兴

---

① 见徐嘉瑞《大理古代文化史》，云南人民出版社 2005 年版，第 206 页。
② 见徐嘉瑞《大理古代文化史》，云南人民出版社 2005 年版，第 206 页。

盛，云南文学理论开始萌生并逐步走向相对繁荣。确切地说，云南古代文学理论的相对繁荣，不是出现在滇中风雅刚刚兴起且其"文采风流，极一时之选"的明代中叶，而是出现在云南汉文学获得持续、稳固、长足发展的清代乾嘉以后。与中原文论相较，云南文论的发展呈现出明显的滞后性。它发展、繁荣既迟而结束得也晚。它的尾声，在 20 世纪 30 年代前后①。

二十一年前，我选编的《云南古代诗文论著辑要》由中华书局出版，在前言中，曾就云南古代诗文论著的存佚情况作过如次简要概述："在云南古代诗文论著中，诗话一类著作占有最突出的地位。云南古代诗话，有的已有目无书，有的曾经为其他著作提及而现已散佚，有的则仍流传至今。有目无书的，据史载，约有《榆门诗话》《古今诗评》《诗法探源》等十种左右；为各类著作提及而现已散佚的，有《方黟石诗话》《贮云诗话》等数种；流传至今的，有《荫椿书屋诗话》《筱园诗话》等十余种。从形式和内容上看，除了兼收云南地方诗人诗作并予以论说评赏以外，云南古代诗话完全与中原古代诗话一脉相承。在内容方面，各部著作常有自己的侧重点。有的偏重于保存滇中的诗人诗作，如檀萃《滇南诗话》②、袁家谷《卧雪诗话》；有的偏重于记载滇中诗人的断篇、轶事、掌故，品评滇中诗人诗作，如师范《荫椿书屋诗话》；有的偏重于对汉文学史上的诗人诗作进行广泛的评

---

① 本丛书所谓"云南古代文学理论"，一方面包括产生于云南古代的汉文学理论，另方面也包括着云南近现代人所写的在理论对象、理论内容、思维方式、表达方式等等几乎所有重要方面都与"中国古代文学理论"一脉相承相同，在理论上完全可以而且应当归入"中国古代文学理论"范畴的那些文学理论论著。

② 外省籍人士撰写于滇的诗文论著，一般并不划入"云南古代诗文论著"的范畴，如杨慎的《升庵诗话》等。但，檀萃的《滇南诗话》应是一个例外。檀萃虽系安徽望江人，但居滇数十年，其《滇南诗话》十四卷，收有他和他的滇中友人、学生，以及滇中淑女、僧道，并流于滇、客于滇、宦于滇者，共约三百家的大量诗作，其作大多与滇密切相关。《滇南诗话》之名，颇副其实，故视其为"云南古代诗文论著"之属，应当是可以的。

论，如陈伟勋《酹雅诗话》、严廷中《药栏诗话》、由云龙《定庵诗话》；有的在品评历代诗人诗作的同时，更注重文学理论问题的探讨，如王寿昌《小清华园诗谈》、许印芳《诗法萃编》、朱庭珍《筱园诗话》等。当然，著作既有所侧重，却又常常程度不等地含有上述多个方面的内容。从文学理论的角度看，《酹雅诗话》《小清华园诗谈》《诗法萃编》《筱园诗话》等的价值更高一些。其中尤其是《诗法萃编》和《筱园诗话》不仅可视为云南古代文学理论的冠冕，即使置诸整个中国古代文学理论史上，也称得上是富有特色的佳作。除诗话外，据不完全统计，现存的云南古代诗文论著尚有：各种诗文集的序文跋语千篇左右；论诗文的专题论文十数篇；论诗诗数种百余首；论文赋一篇；与友人论诗文的书信若干……"由于除诗文理论著述以外其他文学理论类别（如小说理论、戏剧理论）的著述极为少见，故所谓"云南古代文学理论"的主体，就存在于云南古代诗文论著之中。换言之，云南古代文学理论的基本规模和存佚情况等，大体即如《云南古代诗文论著辑要》"前言"之所述了①。这里，要向为云南古代诗文论著的保存做出过贡献的滇中历代先辈贤哲致以深深的敬意与谢意，因为正是他们持久不懈的苦心搜求，精心呵护，细心整理，才使得云南古代文学理论能够以如此可观的规模保存至今！

20世纪80年代以前，除了对中国古代文学理论搜求极广研究甚深的郭绍虞先生，对云南古代文学理论有较多关注的学者几乎难以见到。80年代中后期到90年代中前期，一批云南本土学者始对之展开了初具规模的群体性研究。蓝华增先生的《云南诗

---

① 可以预期，本丛书最终完成时，对于《云南古代诗文论著辑要》"前言"所述之云南古代文学理论的基本规模和存佚情况等，很可能会有适度的修正和更为确切一些的描述。

歌史略——赵藩〈仿元遗山论诗绝句论滇诗六十首〉笺释》、张文勋先生等的《许印芳诗论评注》、张文勋先生主编的《滇文化与民族审美》中之"汉文化浸润的滇云文学理论"一章（张国庆执笔）以及杨开达先生关于朱庭珍《筱园诗话》研究的系列论文，是这一群体性研究的主要代表。之后，相关研究进一步展开。2001 年，中华书局出版由我选编的《云南古代诗文论著辑要》，对于相关研究在云南乃至全国范围内的广泛展开起到了一定的推动作用。据粗略统计，直至目前为止，新增的相关研究专著有李潇云博士的《清代云南诗学研究》（中国社会科学出版社 2017 年版）和王欢博士的《朱庭珍诗论研究》（待出版）两种，相关的研究论文已达四十余篇之多，其中对朱庭珍《筱园诗话》的研究尤为集中突出，成果也最为丰富。

三

2017 年 10 月，在云南大学文学院领导的支持下，以云南大学为主，昆明的多所高校老中青三代近二十位学者发起成立"云南大学中国古代文论研究中心"。几年来，在广泛开展多方面学术活动的同时，中心一直以云南古代文论为学术研究的聚焦点，同仁们取得共识，要对云南古代文学理论的基础文献资料做一次比较全面的搜集整理，并要对其中比较重要、集中的一批资料（即现存诗话）进行系统的初步研究。2018 年，中心申报的课题"云南古代文学理论的文献整理与研究"获云南社科规划办批准为云南省哲学社会科学研究基地重点课题。经中心研究，决定编纂《云南古代文学理论文献整理与研究丛书》，丛书由如下两个部分组成：

第一部分，是通过对现存十余部云南古代诗话展开文献整理和理论研究工作后，形成的十余部整理研究专著。各部专著，统名之曰"笺注",如整理研究《筱园诗话》的专著,即名之曰"《筱园诗话》笺注",余类推。各书大抵含三至五个部分,依序如次。

其一,丛书序。

其二,各部专著之前言。前言交代或讨论笺注者认为有必要交代、讨论的相关情况或问题。

其三,诗话文本笺注。

各部诗话中原来的各条正文之间,一般并不排序,笺注时各条正文前加括号按(一)、(二)、(三)……顺序排列。这在一定程度上有改变诗话原貌之嫌,好处是使诗话排列显得有序,眉目更加清晰,能为研究者提供较多方便。注释主要为正文中之人名、地名、引文、疑难词语、出典故事等而作,注释的宽窄详略,笺注者视情况自行处理。当正文内容需要引申讨论时,给出笺释文字。

其四,根据各部诗话的具体情况,有的著作可专设对于该部诗话或该诗话作者之诗学进行研究的一个部分,以展开深入的理论研究;有的专著不设此一部分,则仍须在前言中展开关于所笺注诗话或其作者诗学的必要理论探究。

其五,根据各部诗话的具体情况,确定设或不设"附录"部分。

第二部分,是通过普查广搜,将除诗话外广泛存在于云南各种历史文化典籍中的与文学理论相关的分散篇什(专题论文、论诗诗、论文赋、与友人论诗文的书信、各种诗文集的序文跋语……)尽量搜集起来并加以整理,从而形成《云南古代文学理论散论汇编》若干册。《汇编》作为云南古代文学理论除诗话以外的最基础的文献汇集,以历史年代为序编排内容,不做过多的讨论研究,仅作少量最必要的注释。

上述两个部分，分别或共同有着一些大致统一的编写体例，为免冗赘，这里只指出其共有的编写体例之一，即：采用简体字，不用异体字。中华人民共和国文化部和中国文字改革委员会于 1955 年 12 月 22 日联合发布《第一批异体字整理表》，淘汰、停用了 1055 个异体字，一般来说，本丛书凡遇到《整理表》所确定的异体字，基本都改为相应的简体字。要特别说明的是，在特殊情况下，本丛书也会使用异体字。主要是遇到人名、地名中有异体字时，根据"名从主人"的原则，仍用原字。比如，"堃"是"坤"的异体字，一般情况下，"堃"改作"坤"；而当"堃"出现在人名、地名中时，仍作"堃"。

丛书的上述两个组成部分，其工作有先后之分，即诗话笺注在前，散论汇编在后。目前诗话笺注部分已有多部著作接近完成并将于本年度内出版，其余的大致也将于明年付梓。散论汇编工作将随后展开，预计于 2024 年内完成。

四

本丛书的编纂，有几个重要的意义。

首先，是对云南古代诗话第一次进行集中、全面的整理和研究。之前虽有一些整理（如拙编《云南古代诗文论著辑要》），也有一定的研究（如张文勋先生等《许印芳诗论评注》），但总体上在广度和深度上都远不能和这一次的整理与研究相比。

其次，对云南古代文学理论基础文献资料第一次进行全面的搜集整理。之前虽也有过一些搜集整理（如蓝华增《云南诗歌史略——赵藩〈仿元遗山论诗绝句论滇诗六十首〉笺释》、拙编《云南古代诗文论著辑要》等），但其规模格局同样远不能和这一次的搜集整理相比。

再次，是发现并解决了一些文献版本方面的重要问题。比如，朱庭珍《筱园诗话》现在的通行版本是《云南丛书》本，其采用的是朱氏写定于 1877 年、梓行于 1884 年的《筱园诗话》第三次修订稿。王欢博士之前在撰写其关于《筱园诗话》研究的博士学位论文时已发现，云南省图书馆现藏有朱氏改定于 1880 年、曾刻于 1885 年的《筱园诗话》第四次修订稿（即《筱园诗话》之"筱园先生自订钞本"），与《云南丛书》本相较，此稿不惟在原有三篇自序外增加了第四篇自序，在卷一、卷二、卷四中共增补了四段文字，而且与《云南丛书》本在细部文字方面出入多达两百来处，显然此稿在前三稿基础上作了不小的改动。这一次整理《筱园诗话》，王欢即以"筱园先生自订钞本"为底本，而以《云南丛书》本和以《云南丛书》本为依托的多部现当代《筱园诗话》整理本为参照来进行笺注。相信王欢这一整理工作的完成，将提供之前一般未曾得见的《筱园诗话》的另一个同样值得信赖而内容更加丰富的版本，这将给目前国内学术界日益升温的《筱园诗话》研究热进一步提供基础文献方面的更多支撑。又比如，刘炜教授在笺注严廷中《药栏诗话》时，发现云南省图书馆藏有一个本子，比目前《药栏诗话》的通行版本《云南丛书》本多了诗话十一则，且《云南丛书》本细部多处模糊或有错讹的地方该本子都刻印得清楚准确，《云南丛书》本有几处将两条诗话合刻为一的情况该本子也没有出现，而是分刻得清清楚楚。刘炜的《笺注》采用了这个本子。目前尚不能落实的是，该本子究竟是《云南丛书》本之外的另一个版本呢，抑或它就是《云南丛书》本所据的原始底本。无论是哪一种情况，刘炜的《笺注》都将提供给学界和读者一部较具新貌的《药栏诗话》。①

---

① 关于王欢、刘炜二位所遇到的著作版本问题，这里谈两点看法。一、《云南丛书》所收录的大部分文献，辑刻于 1914—1942 年间。其收入《筱园诗话》第三稿而未收入作者手订的、内容更为完备的《筱园诗话》第四稿的原因，估计是 1942 年以后（转下页）

最后，是纠正了包括拙编《云南古代诗文论著辑要》在内的现当代一些相关文献整理著述中的不少疏误。本丛书编纂的意义也许还有一些，但以上四点乃其荦荦大者。若一言以括本丛书编纂之意义，则：在云南学术史上，本丛书对云南古代文学理论的基础文献资料第一次进行了较为全面的发掘、整理和研究，将使这一基础文献资料首次以近乎全面的清晰的面目呈现在学界和世人面前，从而有力地推动有关云南古代文学理论的整体研究持续向前，更上层楼！

本丛书的编纂毫无疑问具有重要学术意义，但我们也清醒地认识到，相关基础文献资料的搜求整理不可能毕其功于一役，对基础文献资料展开研究更将是一项历时久远的学术工程。本丛书所进行的整理与研究，以学术史的眼光来看，仅只是完成了一项初步的工作而已。本丛书的撰写者都是云南高校拥有高中级职称或博士学衔、从事中国语言文学专业教学与研究多年的中青年教师，因为确知点校、笺注古书极为不易，故在工作中时刻都怵惕

（接上页）第四稿始入藏省图书馆，故省馆虽藏而《云南丛书》未及收。二、《药栏诗话》的版本似存在两种可能。1. 很可能现今省馆所藏而《云南丛书》未收之本，同样是1942年以后始入藏省馆的。2. 也可能该本早藏省馆，且正是《云南丛书》本所据底本，但因为当年可能存在的多方面（手民、编审、经费……）的问题而导致《云南丛书》本漏误多有，质量不佳。除《筱园诗话》、《药栏诗话》二书外，这里还要提及云南诗论家王寿昌的《小清华园诗谈》，早年出版的拙编《云南古代诗文论著辑要》曾考证指出，《云南丛书》所收的《小清华园诗谈》只是其雏型、初稿，而其完本或定本则另有他藏，并于后来被收入郭绍虞、富寿荪先生校点的《清诗话续编》（上海古籍出版社1983年版）。笔者在此处比较集中地提及云南古代诗话整理中遇到的版本问题，是想就此提出两点建议。一、今后学者凡依据《云南丛书》进行文献整理工作，都应该对相关文献的版本问题予以特别的关注，这既有助于保证自家整理工作的质量，也可帮助发现《云南丛书》在版本等方面可能存在的问题，相信经过月累年积，最终当可对提升《云南丛书》的整体质量发挥积极作用。二、省图书馆等相关部门，似应将相关问题纳入视野并予以长期关注，以期当重印或再版机会出现时，能汲取一切相关研究成果，全面解决《云南丛书》在版本方面可能存在的问题，进一步提升《云南丛书》的整体质量。《云南丛书》是记录云南古代（汉代至明清）至民国初年极为丰富的历史文化、社会生活和思想精神的文献总汇，是云南地方文献的百科全书，是云南地方文史研究者们历来极为珍视的文献宝库，其编纂质量的哪怕是些微的提升，对云南的文化与学术建设的整体事业而言，都是有着重大意义的！

在心，勤勉于行，争取尽量减少可能出现的疏误，以确保丛书的完成质量。虽则如此，疏误的出现，当在所难免。编纂者们始终抱持谦虚谨慎的态度，在丛书问世后将虚心地面对学术界和广大读者可能提出的质疑和批评，以期他年有机会时能以具有更高学术质量的相关成果奉上。

五

缕述至此，谢意衷出。首先要感谢参与丛书工作的众多同仁尤其是丛书的每一位执笔者，以及在搜寻相关学术资料方面为丛书撰写提供了重要帮助的我的研究生丁俊彪同学，正是他们勤勉严谨的工作，保证了丛书以较好的学术质量顺利完成。其次要感谢丛书的两位副主编段炳昌教授和孙秋克教授，二位不仅对丛书的编纂提出过重要的建设性意见，而且参与了丛书的组织领导工作，分别审读了丛书的部分初稿并提出了很好的意见和建议。再次要感谢云大文学院的多任领导，他们的鼓励和支持是本丛书从酝酿启动到最后完成的重要保证。还要感谢中国社会科学出版社的有关领导和编辑人员，他们的大力支持和辛勤劳动是本丛书能够以较好质量顺利出版的有力保证。最后要感谢吾师张文勋先生。先生于 20 世纪 50 年代开始学习和研究中国古代文学理论、文艺理论、文艺美学，其后数十年深耕不辍，成就斐然。又于 80 年代初引我踏上中国古代文论研究之途，复于 90 年代初为我开启云南古代文论研究之门，今再以 96 岁高龄欣然挥毫为丛书题署书名，此皆深铭我心。在中国古代文论和云南古代文论研究领域，文勋先生贡献良多，声誉卓著，松柏长青！

二十一年前，当拙编《云南古代诗文论著辑要》出版时，我曾题"书《云南古代诗文论著辑要》后"小诗一首，此时欣然忆及，直觉得当日之所曾吟与刻下之所欲语竟毫无二致。遂改其题而移诗于下，借以为此序之结。

　　题《云南古代文学理论文献整理与研究丛书》
　　　　汉风千载漫吹拂，
　　　　边地云山气象殊。
　　　　兰桢捧出君细看，
　　　　从来滇海蕴明珠。

　　　　壬寅新春　谨叙于云南大学东二院

《荫椿书屋诗话》笺注前言

董雪莲

　　《荫椿书屋诗话》作于清代乾隆后期，作者为云南白族诗人师范。这是云南文学史上屈指可数的少数民族诗人诗话作品，主要记录了清代中期以师范交游为中心的诗人群体的文学活动、逸闻趣事以及摘录部分佳作佳句进行点评、品鉴等，因涉及诗人大多为师范同时代的师友，因此，一定程度上展现了清代中期云南诗人的群体面貌和诗坛繁荣情况，以及部分外省诗人与云南士子的交集。同时通过师范对诗人活动或作品的记录，使一部分已在史籍中湮灭的诗人及作品得以存世，具有以诗存人的史料价值。此外，通过师范在诗话中表达的诗学观点，结合其诗文创作，可以比较清晰地梳理出其诗学思想体系，从而进一步探讨以儒家文艺思想为核心的中原诗学思想对边疆少数民族诗人的影响。因此，《荫椿书屋诗话》虽然篇幅有限，却具有多方面的价值。

　　师范（1751—1811），字端人，号荔扉，又号金华山樵，祖籍山西洪洞之师村，明洪武间落籍云南。师范出生于赵州（今大理弥渡），父师问忠（1715—1795）为乾隆六年（1741）乡试亚元，曾任晋宁训导，长芦、石碑场盐课司等职，为一代循吏。师范于乾隆三十九年（1774）中举，同为亚元，后七上春官不第，曾任剑川训导等职。因朝廷西征廓尔喀，师范曾被派驻丽江辅佐上官督办粮饷，以军功授安徽望江知县，在任八年，卸任后卒于望江，享年61岁。

师范一生虽仕途坎坷、名位不显，但颇具宏才卓识，成果丰硕，为清代云南文献大家，声誉卓著的白族诗人。他一生嗜诗如命，在《骈枝集自序》中写道："予年甫束发，即爱为声韵之学，风雨寒暑，羁旅疾陋，有专焉，无或问也。故当其冥心以往则若痴，拍手而吟则若狂。极狂与痴之所形，父师斥之，妻孥笑之，亲旧规之，流俗人讥且讪之，予则一无顾忌。"① 他一生对诗歌穷尽钻研，到了如痴如狂之境，不仅爱写诗，且成就高，数量大。在去世前一年，他对于自己生平作诗有这样的总结：

范学诗始庚辰，存诗则始戊子。自戊子迄乙卯，存二千首而赢，共十七种，为前集。乙卯迄辛酉，存一千九百首而缩，共十七种，为后集。咏史诗、全韵诗、怀人诗、应制诗、香奁诗不与焉。兹复以辛酉秋至己巳春之所作，援文稿及丛书例，名之曰《二余堂诗稿》，编系前后集之末。四册共一千零七首，文一首，附刻二十三首，分年不分体，从厥初也。我生五十有九矣。六岁入塾，十二，先大人截取入都，出就外傅。十七侍晋宁学署者四年，旋侍天津盐署者十四年，铎剑川者七年，客晋、客浙者各二年，令望江者已八年。此四十二年中，晦明风雨则有诗，困厄疾痛则有诗，登山临水、折柳投桃则有诗。②

----

① 师范：《金华山樵〈骈枝集〉自序》，《二余堂文稿》卷四，上海书店《丛书集成续编》第132册，第527页。

② 师范：《〈二余堂诗稿〉自序》，《二余堂文稿》卷二十八，上海书店《丛书集成续编》第132册，第448页。

从师范自述可知，他一生写诗近万首，生前曾数次编订，去芜存菁，相当一部分诗作被删汰，这在他各时期的诗集自序中皆有提及。经过他自己不断的整理、编订，共留下诗集《金华山樵诗前集》十三种，《后集》九种，《二余堂诗稿》《舟中咏史诗》《全韵诗》《怀人诗》等三十余部，后人合编为《师荔扉先生诗集》二十八卷，共存诗五千六百多首，为滇中诗人之冠。诗歌串联起师范一生的足迹，也是他成长的见证，记录着他从一个充满热血理想、意气风发的少年到一生科场蹭蹬、沉沦下僚却始终心怀壮志、砥砺前行的一生。

除诗文而外，师范还纂有《雷音集》十二卷，此为他仕宦望江期间，搜辑当地先哲诗歌而成，成为望江当地宝贵的诗歌文献；同时，他还辑录了自己仕宦望江期间门生、各地友朋来往唱和之诗为《小停云馆芝言》十卷，集各省九十三人之诗，展现了清代中期望江一地文人荟萃的面貌。此外，师范还厘定《国朝百二十家文钞》二百卷、《历代诗闻》六十卷、《经史涂说》四十卷等，但因无力付梓，最终散佚。师范不仅醉心诗文，还留心经世之学，为了贡献乡梓，他花费数年心血，纂修了云南地方史志文献巨著《滇系》，这不仅是他一生关注社会民生、兼具经国济世情怀的集中体现，也为云南史志的发展做出了不可磨灭的贡献，姚鼐称此书为"撰论古今之是非，综核形势之利病，兼采文物，博考故实，此史氏一家之美，而君以吏治余力成之，岂非其才之过人，而庶几于叔皮（注：班彪，字叔皮）之事者哉。"① 给予了高度的肯定与赞誉。

《荫椿书屋诗话》应创作于诗人中晚年时期，文中记录的时间最晚至庚戌年（1790），且书中未言及望江之事，可知该书大

---

① 转引自方树梅《自序》，方树梅《年谱三种》，生活·读书·新知三联书店 2014年版，第 257 页。

致写于作者四十岁之后，任望江令之前。此时的师范在春闱中已七次落第①，在科考路上已耗去大半生岁月，身心疲惫。与此同时，步入中年的他，前半生因随父仕宦、科考、壮游和行役，已走遍大江南北，遍览大好河山，结交了天下俊彦硕儒，此时他眼界开阔，胸襟宽广，思想和心态已非常成熟，无论对于人生、社会或是诗歌创作都有了深刻、理性的总结与体验，在对友朋的诗文品评中有很多真知灼见。在《荫椿书屋诗话》中，他带着无限的感慨和温情回忆着自己的师友，真诚地记录着他们的天赋才情、襟怀抱负，让一个个已湮没于历史尘埃的面孔重新鲜活地呈现在我们面前，在对朋友怀才不遇的感慨中我们也能体会到他对自身遭际隐含的感伤与不平。概而言之，《荫椿书屋诗话》的价值体现于以下几点。

一 《荫椿书屋诗话》中表达了师范多方面的诗学观点

（一）力主温柔敦厚的风格

师范诗学思想的基石是儒家"温柔敦厚"的传统诗教。这在诗话中有明显体现。他在诗话开篇即援引帝王诗作为学习典范，先是颂扬圣德和文采，继而以其父师问忠"仁者之言"，奠定了全书的基调。诗话以君父为尊，提出并强调了儒家"温柔敦厚"的传统诗教，在其诗文集中也多次强调了此类观点，如在《七客寮》中他写道："酒以泄崟崎抑塞之情，诗以发温柔敦厚之声。"② 诗话中他以父亲之诗为例，认为诗歌的主旨是抒发仁者之言，既为仁者，对家国、对友朋、对人生皆是一片忠厚仁爱，

---

① 师范：《〈归云集〉自序》有言："庚戌（1790 年，编者注）之日，樵已七黜于春官"，《二余堂文稿》卷四，上海书店《丛书集成续编》第 132 册，第 529 页。

② 师范：《七客寮》，《师荔扉先生诗集》卷二十，上海书店《丛书集成续编》第 132 册，第 363 页。

那所发之言自然温和朴实，蕴含悲悯和大爱，令人如沐春风，"一切激烈、感叹、矫饰之词俱无可答，所谓'仁人之言，其意蔼如'也。"

在《诗话》中，师范列举了同乡前辈张时作诗因言获罪之事，重申了"温柔敦厚"诗教的权威性：

> 温柔敦厚，诗教也。即间涉讽刺，要使言者无罪，闻者足戒，方无戾于三百篇之旨。乡先辈张宜轩称诗于六十年前，所作甚夥。丁亥选授洛阳令，有句云："渭水同归河水浊，大梁何处觅清流。"后竟以是罢官。

师范对此事感慨颇深，告诫世人作诗务必不能逾越温柔敦厚之旨，这固然可以看到儒家传统诗教对于师范其人影响深刻，但与当时时代背景也息息相关。由于师范所处时代为乾隆朝，文字狱的高压令世人如履薄冰，噤若寒蝉。张时为云南赵州人，举人出身，名位不显，却依然未能逃脱文字狱的灾祸，可知当时在世人心中，文字狱的笼罩如同天罗地网，对文人的威慑无处不在。师范的记录虽为告诫，却真实地映射了当时政治风气以及投射在文人心头的浓重阴影。

从温柔敦厚的主旨出发，师范提倡诗歌含蓄蕴藉的风格。他赞许云南诗人洪棕严的诗"以深思达其奥义"，大理诗人赵廷枢之作"幽思隽旨，颇耐寻绎"，严烺诗"措词深婉"，屈复诗"寄意高远"，等等，崇尚将深厚情思融于温厚之言，形成诗歌丰富深广的韵味，追求意留言外、余韵无穷的艺术感染力。

（二）以"性情"为旨归，重视诗歌的风神气骨

在诗话中，师范非常重视诗歌体现的风神气骨，这与创作主

体的性情襟抱是密不可分的。如他评价太和诗人沙琛的诗"结体超逸",浙江诗人施安之诗"气体豪逸,不减苏轼",宜良诗人严烺之作"丽而有骨",大兴诗人吴肇元诗"慷慨激越,落纸有声",昆明诗人钱沣之诗"清劲质实,高逸沉炼",赵州诗人龚锡瑞之诗"亢壮之气,飒人眉宇",山西诗人折遇兰诗歌"音响沉雄,有李梦阳之风",等等。师范所推崇的诗中亢壮之气、慷慨激越之声和遒劲崚嶒之风骨,与创作主体的宽广胸怀、远大抱负、高远志节是分不开的,诗歌风貌本就是诗人秉性气质、性情襟抱的外在体现。师范的这些主张,体现了他对"性情"的重视。在诗话中他虽未直言,却处处应和了其"性情论"的观点。在其诗文著述中,师范对"性情"极为重视,对此有全面深入的阐述:

　　"予年甫束发,即爱为声韵之学,……其间即性言情,抒襟送抱,凡遭逢阅历,无不于是乎?……时贤言诗,则曰'我宗汉魏宗唐宋',否则曰'我师陶谢、师李杜',不识性情襟抱,果无异于陶谢李杜之性情襟抱与遭逢阅历,果有类于汉魏唐宋之遭逢阅历?"①

　　"若诗之益与不益,要视其性情为何如耳。性情有,诗虽日坐廛市之中,而诗之旨在;性情无,诗纵日处山林之内,而诗之旨亡。"②

　　"况诗以道性情,喜者乐者可以诗,怒者哀者亦可以诗。"③

————————

① 师范:《金华山樵〈骈枝集〉自序》,《二余堂文稿》卷四,上海书店《丛书集成续编》第132册,第527页。
② 师范:《程雪门迈诗序》,《二余堂文稿》卷六,上海书店《丛书集成续编》第132册,第573页。
③ 师范:《〈孤鸣集〉自序》,《师荔扉先生诗集》卷二十八,上海书店《丛书集成续编》第132册,第444页。

"始知文字皆枝叶，都被词华掩性情。"①
"二千年事眼前横，落纸篇篇见性情。"②

在师范看来，"即性言情，抒襟送抱"不仅是诗歌创作的本源，也是评判诗歌优劣的标准。正因如此，他才重视诗歌中因创作主体性情襟抱而体现出的风神气骨。"凡予之遭逢阅历，罔不于是乎托。后之览者，或由是而见予之为人，识予之居心焉。"③诚然，"性情"在不同的语境和时代有着不同的内涵，由师范的观点来看，他所倡导的性情，不是世俗理解的纯心灵之直观感悟，纯粹的个人喜怒哀乐，不是放浪形骸、不拘礼法的个性张扬，也不是闲情吟赏中体现的趣味涵养，而是灌注了社会责任和理想精神的品性，是个体感情和社会情志高度统一的性情，它熔铸了高尚的人格、高远的志趣、广阔的胸襟、远大的抱负、仁爱的情怀以及勇于担当的责任与精神。"诗之工拙生于境，而境之大小征乎诗。"④境界的大小无疑与诗人之胸襟、眼界和情志息息相关。如上文提到的钱沣，不仅是云南著名诗人，亦为乾隆朝名臣，一生清寒耿介，其清风峻节和铮铮铁骨为世人瞩目。他曾先后弹劾陕西巡抚毕沅以及和珅党羽山东巡抚国泰、布政使于易简等，在军机处亦弹劾和珅等人结党营私，以"直声震天下"，品性气节是云南士人中的一座丰碑，因此其诗才有"清劲质实、高逸沉炼"之风。洪亮吉曾言："昆明钱侍御沣为当代第一流人，

① 师范：《春宵夜话苇塘示以占法并及易理》，《师荔扉先生诗集》卷十一，上海书店《丛书集成续编》第132册，第240页。
② 师范：《题咏史诗后》，《师荔扉先生诗集》卷二十二，上海书店《丛书集成续编》第132册，第384页。
③ 师范：《金华山樵〈骈枝集〉自序》，《二余堂文稿》卷四，上海书店《丛书集成续编》第132册，第527页。
④ 师范：《出岫集》自序，《二余堂文稿》卷四，上海书店《丛书集成续编》第132册，第528页。

即以诗而论，亦不作第二人想"①，姚鼐赞他"节概今无两，文章古与伦"②，评价都很高。蒙化诗人彭翥"天才雄杰"，因此其诗有"磊落自喜，迥不由人"之风貌。他在琼州仕宦期间，亲身出海捕盗，追击上千里，"羸如不胜衣，乃愤海贼病民，地方文吏仅仅幸其出境得免咎，因率丁壮亲执桴鼓，穷追出洋，几及千里，力战鲸浪之间，卒枭渠魁。"③ 他在任时，琼州一带海盗闻风丧胆，销声匿迹。袁枚对彭翥也甚为欣赏，《随园诗话》中多次提及彭翥，对其赞不绝口，可见诗中的风神气骨，与创作主体的秉性气质、人格胸怀密不可分。师范对于性情的重视由此可见。

就师范自身而言，他从小受身为循吏的父亲教诲和濡染，一生秉承父训，脚踏实地，砥砺前行，"总角弄文翰，矢志为通儒。确守堂上训，望道严步趋。"④ 他在诗话开篇就选录了父亲之诗，其父告诫他"干事读书，切不可任天弃人"，师范将之作为座右铭和引路灯。他一生七上春官，大半生岁月耗于科场，"客路仍千里，春风又一年"⑤ "一年强半鞍头坐，又向天涯赋别离。"⑥ 尝尽了奔波颠沛之苦和功名难就的落魄与辛酸，"每愧刘蕡策，空持祖逖鞭。"⑦ 但在诗话及其诗文作品中，极少流露颓废自伤、

---

① （清）洪亮吉：《北江诗话》卷一，清光绪授经堂刻《洪北江全集》本影印本。

② （清）姚鼐：《惜抱轩诗文集·诗集》卷十，清嘉庆十二年刻本影印本。

③ （清）钱沣：《涂二余静宁纪事诗序》，《钱南园先生遗集》卷四，台北《丛书集成续编》第 156 册，第 193 页。

④ 师范：《感遇》，《师荔扉先生诗集》卷四，上海书店《丛书集成续编》第 132 册，第 136 页。

⑤ 师范：《新柳次高羽丰前辈韵》，《师荔扉先生诗集》卷一，上海书店《丛书集成续编》第 132 册，第 88 页。

⑥ 师范：《抵昆明》，《师荔扉先生诗集》卷一，上海书店《丛书集成续编》第 132 册，第 85 页。

⑦ 师范：《北上日留别砚北簪崖》，《师荔扉先生诗集》卷一，上海书店《丛书集成续编》第 132 册，第 85 页。

自暴自弃的倾向，而始终以积极乐观的态度去面对。在师范潦倒的一生中，贵尚儒雅，砥修名行。对家国笃实忠厚，对朋友恩深义重，对事业以仁者之心，立命担当。在剑川任职期间，重教化、敦礼节、厚学风，兴利除弊；望江期间"以爱士恤民为己任，敦礼节，厚风俗，义之所在，虽死生利害弗挠。"① 治望八年，两旱两水，运楚粮、办京米，备极劳瘁。他一身正气，不阿权贵，曾杖责豪奴，面叱上官，人称"强项令"。《清史稿》评其"公明慈惠，甚著贤绩，士民讴歌之。"他眼界开阔，心胸宽广，志存高远，最重气节，姚鼐称他为"天下之才也。……真世之君子，亦非独才智之美也。"正因为这样的性情襟抱熔铸于诗歌之中，其诗内蕴丰富、境界开阔，笔力雄健，受世人激赏。洪亮吉评其诗"抱负既不凡，见地自觉超远，发为歌诗，与流连光景、应酬世故者即不可同日语。"② 确为肯綮之言。

从性情论的根基出发，师范反对诗歌的门户之见，他不赞成诗歌宗唐抑宋等主张，而是主张学诗以"即性言情，抒襟送抱"为出发点，海纳百川，广采百家之长，而不应以偏狭的取舍故步自封，"以诗过日吾事足，唐欤宋欤师或友。山称嵩岱水淮河，南星惟箕北惟斗。元气磅礴满胸臆，寻行那肯学墨守。"③ 他称许杨履宽之诗"虽未能尽绝依傍，然较之托迹宋元者，相去不知几许也。"此外，由于重视诗歌性情，师范反对花费精力钻研诗歌声韵格律，他认为只要具备良好之性情并充分体现于诗歌，自然与格律神韵相得益彰，"有性情然后有格律，有格律然后有声响，诗之道

① 龙云修，周中岳、赵式铭纂：(民国)《新纂云南通志》卷一百九十七"列传九·清"，《中国地方志集成·云南省志辑》第7辑，凤凰出版社2009年版。

② (清)洪亮吉：《师大令二余堂诗集序》，《更生斋集》文续集卷二，清光绪三年洪氏授经堂增修本。

③ 师范：《冬夜检近作仍用南园太史韵》，《师荔扉先生诗集》卷一，上海书店《丛书集成续编》第132册，第106页。

也。学古人而不袭其貌，斯为善。"① 所以，如果抛开性情而追求形式之美，必定舍本逐末，"然则韵者，音之均也。苟执韵以求诗，予之诗亦犹是风之习习、雨之潇潇、雷之殷殷、兽之呦呦、虫鸟之嘤嘤喈喈而已。若陋若悖之讥，予其可以告无罪也夫！"②

（三）对诗歌之"清""真"审美意蕴的重视

在诗话中，师范屡次强调了诗歌之"真"，表达了对"真"品质的重视和偏爱。他评价沙琛之诗"写景清真"，盛赞曹仁虎之诗"洗尽铅华，独存真韵"；蒙化彭印古之诗"愈浅愈真，宛然唐人声口"，等等。师范笔下的"真"，既指诗歌的真情实感，反映客观事物的真实，创作时的真实态度，也指不加矫饰的朴素的表达方法及相应体现的朴素之美，及纯真自然的风格。"清真"在中国传统文化中是源远流长的一种审美标准，既可以指人之美德，也可指客观事物素朴之美。南朝刘义庆《世说新语·赏誉》中"清真寡欲，万物不能移也"，即标举纯真朴素之品格；李白"圣代复元古，垂衣贵清真"颂扬洁净无染、古朴素净的风貌；《鸣皋歌奉饯从翁清归五厓山居》中"我家仙翁爱清真，才雄草圣凌古人，欲卧鸣皋绝世尘"，向往一种不沾染世俗尘埃的洁净之美；明沈受先《三元记·赏花》中"缟素花王，逞清真国色"，赞扬了天然朴素之美。

出于对"真"的尊崇，师范赞赏诗歌清新自然的面目，反对矫饰和模仿。在诗话中他多次使用"清"字，表达了对诗歌清新自然面目的推崇。评价蒙化诗人陈佐才之诗有"清妙之致"，常

---

① 师范：《题怀宁沈六〈巡梅诗钞〉后》，《二余堂文稿》卷四，上海书店《丛书集成续编》第 132 册，第 526 页。

② 师范：《〈全韵诗〉自序》，《师荔扉先生诗集》卷二十八，上海书店《丛书集成续编》第 132 册，第 445 页。

熟钱荫南之诗令人"尤觉清妙",严炼作诗"出笔娟秀",江西诗人谢阶树"清转疏峭",褚珽璋"句新而极稳,景浅而极确",赵州诗人龚锡瑞"清切可味",晋宁诗人张鹏昇"如新鹊出林,羽毛俊异,新俊可诵",等等,皆可见得他的这种审美倾向,倡导诗歌不仅要清新自然,而且能够自成机杼,不事模拟,方能自成面目。这一点对于诗歌创作而言,无疑是非常重要的。

二　师范诗话展示了清代中期云南诗人群体的面貌、文学活动情况以及清中期云南诗坛的繁荣

《荫椿书屋诗话》中记录了乾隆朝云南当地一批诗人的诗学活动、逸闻趣事和作品,一定程度上展示了云南诗人群体阵容,呈现了清代中期云南地方诗坛的繁荣面貌和诗坛活跃的情况。诗话中所涉及诗人跟师范一生行迹有关,因随父仕宦晋宁、盐场等地,后又仕宦、科考、壮游,不同阶段所结识的人物大多有记,其中对晋宁、昆明、太和(大理)、赵州等地记录最多,展现最为全面,如晋宁李因培、唐文灼、段琦、张鹏昇、方学舟、赵蘧、王绶、王镛;昆明钱沣、万钟杰、孙髯、高凤翥、文钟运、施培应、陆艺等;赵州石峰、龚锡瑞、苏棚、苏樾、袁惟清、许宪、张时、金德宾;大理杨履宽、陈颖村、赵廷枢、沙琛、李宰父子、杨松舟;蒙化彭焘、张辰照;石屏罗观恩、朱奕簪;云龙黄桂;建水李凤彩;楚雄倪宪;河阳段琦;嶍峨周于礼;等等数十名诗人。这些地方均是云南境内汉文化传播较早,声教最普及的地方。师范描绘了一批性情、志趣各异的诗人面貌,他们有的桀骜不驯,有的疏狂不羁,有的嗜书如命,如"晋宁王公觉士、宋公亦乐能诗工琴,且时作秫、阮游,然酒后多不自检……后皆以狂荡被斥",晋宁王绶"性清旷,善诗文,尤工铁笔,随意作没骨画,颇有生趣",建水李凤彩"素以诗酒自娱,性豪宕,老弥嗜

学"，杨履宽"以书卷为性命"，昆明高凤翥"落拓不偶，负才忤俗"，文钟运"负才卓荦，能诗、古文，兼工笔翰，性嗜酒，醉后多骂座，人皆畏避，然其中坦坦如也"。师范的记录栩栩如生，重现了滇中两百多年前的诗人群体鲜活的形象，让我们在两百多年后能重温他们的面貌和风范志节，遥想其襟怀风采，也从人才济济的情况看到了清代中期云南诗坛的繁荣。

另外，通过诗话的记录，保存了相当一部分云南诗人的作品，其中一部分人诗集不传，其人也淹没于史册之中，如袁惟清、彭蓥、杨履宽、苏棚、龚锡瑞、许宪等人的诗已失传，但师范的记载让后人能领略龚锡瑞"亢壮之气，飒人眉宇"的诗歌风貌；彭蓥"磊落自喜，迥不由人"的诗作，能让人重温他千里追击海盗的英武风姿；云龙黄桂有《青云馆集》，已失传，师范记录了他过人的诗才，并录其诗，与《滇南诗略》互为补充；张鹏升诗集已失传，师范录入其诗七首，并记其有《东山游草》一卷，等等。《荫椿书屋诗话》显然有着存诗存人的宝贵价值。

三　诗话记录了外省诗人与云南诗人的交集，为考证清代中期云南文人的相关文学活动提供线索和参考

师范一生足迹遍天下，除与乡邦诗人来往密切外，与外省不少文人亦有交往，诗话中也用相当的篇幅记录了外省诗人的一些诗学活动及作品，其中一部分也具有以诗存人的价值。诗话中涉及的外省诗人有仕宦云南的官员，有流寓于滇的落魄文人，也有师范在壮游或科考中结识的朋友。这些诗人上至封疆大吏，下至知县、训导，不同阶层的文人风貌在诗话中皆有呈现，如江苏王文治、屠绅、徐铎、刘焕章、褚斑璋、胡蔚；浙江汪如洋、曹仁虎、徐嗣曾、孙人龙、施安、沈光裕；山西折遇兰、郭兆麒；河北陈筶；天津金文淯；湖南张镜湖；大兴吴肇元；甘肃屈复；山

东卢见曾；等等，其中一部分诗人为当时士林领袖、骚坛翘楚，他们与云南诗人的交集对云南当地诗文的繁荣以及士子的成长具有相当的意义。例如汪如洋为乾隆四十五年（1780）状元，江西谢阶树为嘉庆十三年榜眼，江苏王文治为乾隆二十五年（1760）探花，浙江孙士毅曾为云南巡抚，官至文渊阁大学士，等等。状元汪如洋乾隆五十一年（1786）督学云南期间，对滇中士子多有提携奖掖，尤其对龚锡瑞、罗觐恩、文钟运、李凤彩等几位后生青眼有加，时常诗文往来，并亲自为其诗文作序，对于年轻士子的成长具有引领和激励的作用。蒙化诗人彭翥落魄时受江阴胡蔚推荐，曾客徐嗣曾署，与当时为云南巡抚的孙士毅等相与酬唱，极受赏识，彭翥虽然功名不显，却成为滇中文武双全、诗名远播的青年才俊。寓居滇中、穷老以终的江南文人胡蔚，与当地诗人如杨履宽、沙琛、彭翥等结下深厚友谊，他去世后彭翥为其刻诗四卷传之，传为文坛佳话。王文治出仕云南期间，与少年师范相遇并和诗。屠绅、刘焕章、褚珽璋、曹仁虎等名士均爱师范之才，一生对其关爱有加，在其成长道路上给予了诸多指引，等等。其他如诗话中写到吴肇元、沈光裕与师范之父师问忠为莫逆之交，师范与谢阶树情谊深厚，自比谢榛与卢柟之交，等等，这些信息，对于考证乾隆朝的云南诗人的相关诗学活动亦颇有价值。

一部《荫椿书屋诗话》，通篇不过万余字，篇幅容量有限，且产生于云南边疆一隅，在清代诗话作品多、名家夥的盛况中，它并不起眼，亦未受到太多关注。但作为边疆地区为数不多的诗话作品之一，它的价值是不容忽视的，它不仅展现了清代中期云南诗人群体的基本面貌、阵容以及诗坛繁荣状况，也为研究清代中期的云南诗坛及部分外省诗人提供了多方面的参考和宝贵资料。

荫椿书屋诗话

（清）师范　著

（一）

自古帝王能诗者，《大风》《秋风》[一]而外，宋、齐、梁、陈，迹无论矣。唐之太宗、玄宗，天才雄杰，实开一代风气。降而宋元明，书册所存不少可传之作，然未有如我朝之盛者。列圣相承，天章炳蔚，至今上[二]以万机之暇，制为初集、二集、三集、四集，颁示天下，即古来专门名家之士，亦未有如是之富者。典型斯在，咸泳津涯。臣谨就管见所及，敬登简首。《题宋徽宗画》云："笔端多少江南意，何事终成塞北游。"冷语唤醒，而道君之失德，自在言外。《丰润行宫早发》云："晨蟾[三]背西指，曙马面东迎。坂黍露光重，衢杨风意轻。"描写物情备极精而炼，出之若不经意，天纵之圣，岂徒然欤？

注：

[一]《大风》《秋风》：《大风》即刘邦《大风歌》，《秋风》即汉武帝刘彻《秋风辞》。

[二]今上：师范所处时代为乾隆朝，此处指乾隆帝。

[三] 蟾：宫廷建筑屋檐上的蟾蜍，象征富贵吉祥。

（二）

家大人[一]以辛酉第二魁于乡[二]，由丙辰[三]挑选，训导[四]晋宁[五]，量移长芦[六]石碑厅，屡兼越□□化三□分司篆。事上接下，不激不随，入荐剡[七]，俱辞而让之他人。至义利取与之界，尤为斤斤。尝诫范曰："余辈干事读书，俱不可任天而弃人。予幼时，性颇钝。年十四，汝祖父以应试卒于楚郡。无叔伯昆弟之助，因自思，舍此案头物终无以报吾亲。奈日夜呻唔，旋得旋失，遂虔祷于所供大士，并作一疏，焚之炉中。甫就寝，见一人持刀启胸，提予心，三洗之而去。醒后汗淫淫在胸膈间，且犹作负创痛[八]。自是心境豁然，日有进机。予之得以承先启后，弗坠家声，皆由神佑。然亦非予之积，诚无以致此。汝其识之！"当家君应试时，尚未有诗，癸未[九]北上，与同年金公式昭结伴，著《北征集》一卷。《镇远舟中》云："舟去移山影，天来接水光。"《春日游海淀》云："望春楼阁烟霄里，修禊亭台海树间。"观补亭[十]先生评云："庄雅明丽，不愧唐音。"自理醯[十一]永东，遂不复作。戊申[十二]，予先还里，偶成一绝，示范云："二十年前宦海游，归来依旧理田畴。去时头黑今头白，笑看儿孙也白头。"一切激烈、感叹、矫饰之词俱无可答，所谓"仁人之言，其意蔼如"也。识者鉴之。

注：

[一] 家大人：师范之父师问忠，字恕先，亦字裕亭，乾隆辛酉年（1741）举人，官长芦、石碑场盐课大使，著有《鸣鹤堂文稿》《北上集诗稿》《劝学录》《洗心记》等集，今已不存。

[二] 辛酉第二魁于乡：辛酉，乾隆六年（1741）。这里指当年师范之父考

中乡试第二名。

[三]丙辰：丙辰年为乾隆元年，上文言及其父乾隆六年中式，因此大挑不可能在乡试之前参加，但下一个丙辰年即六十年之后，亦无可能，此处当为误写。

[四]训导：学官名，明清时各府、州、县儒学之辅助教职。

[五]晋宁：今云南晋宁县。

[六]长芦：长芦盐场位于渤海沿岸之河北、天津境内，明朝前盐课管理机构设于河北沧州境内，因临水岸，多生芦苇，名为"长芦"，清时移至今天津塘沽一带，沿用此名。

[七]荐剡：推荐人的文书，引申为推荐。

[八]作负创痛：意为真如受伤一般疼痛。

[九]癸未：乾隆二十八年（1763）。

[十]观补亭：观保，字伯容，号补亭，满洲旗人。乾隆丁巳年（1737）进士，累官礼部尚书、左都御史，有《观补亭先生遗稿》。

[十一]理䃂：从事盐务。䃂，音 cuó，盐之别称，亦指盐务。

[十二]戊申：乾隆五十三年（1788）。

（三）

石丹崖[一]先生，丁卯亚元[二]，令蜀之纳溪县，县北临江，每遇淫潦[三]，积尸满岸。先生悯之。申详收瘗[四]，一时名辈俱有诗纪其事。

注：

[一]石丹崖：石峰，字天柱，号丹崖，云南赵州（今弥渡县）人，举人。官纳溪知县，慈祥善化，有政绩。有《咏史诗四卷》。

[二]丁卯亚元：丁卯，乾隆十二年（1747）。亚元，乡试第二名。

[三]淫潦：久雨积水为灾。

[四]申详：向上级官府详细呈报；收瘗（yì）：收殓尸骨埋葬。

（四）

簪崖[一]七古最为擅场，予于庚寅[二]秋从先生谈艺致远斋，竹木松云，清幽峭蒨，出示时文二百篇，瑰伟宏丽，大类国初诸老业经板行。诗有咏史四卷，多不及载，其《题湖石》云："斜孔露蘸[三]颠倒月，危峰下上即离天。"是盖苦吟而得者。至《与苏柏轩夜坐》云："情话偏长为酒多"，又自清切可味。

注：

[一] 簪崖：龚锡瑞，云南赵州人，号簪崖，乾隆己酉年（1789）拔贡，负诗名。有《簪崖诗集》。

[二] 庚寅：乾隆三十五年（1770）。

[三] 露蘸：蘸，植物的一种，蘸露指蘸上的露水。此处露蘸为蘸露的倒写，与后一句"下上"相对。

（五）

孙布衣蝼庵[一]名髯，字髯翁，陕西三原人，侨寓滇中。徐南冈[二]、孙潜村[三]两先生极为引重，劝其出试，辞不就。生平著作甚富，穿穴[四]汉魏三唐诸大家，自成一子。庚寅秋，谒先生于兕蛟台[五]，问作诗之法，出示《和李远〈失鹤〉》一律有云："微吟记共花阴浅，起舞还同午夜深。"不即不离，盖有所为而言之也。没后遗稿散佚，大为可惜。

注：

[一] 孙布衣蝼庵：孙髯，字髯翁，号颐庵（参照《云南通志》），原籍陕西三原，流寓昆明，布衣。有《永言堂诗文集》《金沙诗草》等。此处"蝼庵"应为误。

［二］徐南冈：徐铎，江苏盐城人，号南冈，进士，官云南粮储道。

［三］孙潜村：孙人龙，浙江乌程人，号潜村，雍正庚戌年（1730）进士，官云南。

［四］穿穴：通过，贯通。语出陆龟蒙《甫里先生传》："少攻歌诗，欲与造物者争柄，遇事辄变化不一，其体裁始则凌轹波涛，穿穴险固，囚锁惟异，破碎阵敌，卒造平澹而后已。"

［五］咒蛟台：在今昆明市圆通寺内。

（六）

刘霁轩[一]师，常州武进人，庚辰进士，令浪穹[二]。辛卯分房[三]，以予五策呈荐，已经取中副考，陈莼浦[四]谓二题"草木生之"多用《骚》语，遂弃不录。公极为惋惜，觅予进见，时予年未二十，公曰："吾场中阅文，以为老诸生矣！今年尚尔，乌足虑，来科竚看子拔帜而登也。"后改署赵州，又改蒙化[五]厅，寄予诗云："田园容易归彭泽，婚嫁殊难了向平[六]。"又云："脚色久于同学贱，头衔合以长翁更。"未几，缘厂务被劾。甲午榜发，公方出自图圄[七]，入谒两主司，叩道予名不置[八]，喜见颜色，若忘身之挂吏议者。后竟卒于永昌。著有《门外集》，盖梦楼[九]太守[十]曰："子诗尚是门外汉"，公遂取名以集云。

注：

［一］刘焕章，号霁轩，江苏武进人，乾隆庚辰年（1760）进士，乾隆己丑年（1769）官浪穹知县。

［二］浪穹：今云南洱源县。

［三］辛卯：乾隆三十六年（1771）。分房意为分配负责该考房的阅卷工作。

［四］陈莼浦：待考。

［五］蒙化：今云南巍山县。

［六］向平：东汉高士向长，字子平，隐居不仕，子女婚嫁既毕，遂漫游

五岳名山，后不知所终。

　　[七] 囹圄：líng yǔ，监牢。语出《礼记·月令》："命有司，省囹圄，去桎梏。"孔颖达疏："囹，牢也；圄，止也，所以止出入，皆罪人所舍也。"《汉书·礼乐志》："祸乱不作，囹圄空虚。"

　　[八] 不置：不停止。

　　[九] 梦楼太守：王文治（1730—1802），字禹卿，号梦楼，江苏丹徒人。乾隆二十五年（1760）进士，曾任云南临安知府。有《梦楼诗集》《快雨堂题跋》等。

　　[十] 太守：州郡最高行政长官，战国时设置，南北朝后称为刺史，明清改为知府。

（七）

　　今寻甸[一]刺史[二]屠笏崖[三]先生，予甲午[四]实出其房闱中，一别音问弗通。丁酉[五]春，晤于都门，示予所叠"东麓少寇蛇"字韵诗七章，予以一夕次答，先生喜极，且有见赠之作，后半律云："苍洱[六]文章于古近，蓬莱才望匪今赊。起予倍觉伤离索，琼玖真同报德蛇[七]。"时以铜差留滞寓邸，吟《祀灶词》十章，有云："玉皇若问人间世，莫道侬无香火缘。"又云："勿嫌寒乞真无赖，曾见高僧破灶来。"拟以付梓，予力阻之，乃不果。

注：

　　[一] 寻甸：今云南寻甸县，属昆明。

　　[二] 刺史：明清时地名、官名喜用古称，此处指知府。

　　[三] 屠笏崖：屠绅（1744—1801），字贤书，一字笏岩，号磊砢山人，江苏江阴人。乾隆二十八年（1763）进士，曾任云南师宗县令、寻甸州知州等。

　　[四] 甲午：乾隆三十九年（1774）。

　　[五] 丁酉：乾隆四十二年（1777）。

　　[六] 苍洱：云南苍山、洱海的合称，指大理。

[七] 报德蛇：神话传说中知恩图报的蛇。《搜神记》卷二十记："隋县溠水侧，有断蛇邱。隋侯出行，见大蛇被伤，中断，疑其灵异，使人以药封之，蛇乃能走，因号其处断蛇邱。岁余，蛇衔明珠以报之。"

（八）

褚筠心[一]先生以丁丑召试[二]成进士，入词馆[三]，大考一等第二，屡典文衡[四]。乙未春闱，为予荐卷师，接见后备蒙礼遇。题予《仵月图》中二云："春序几人惊婉娩[五]，月轮终古擅光华。多情浓识中庭露，独赏香怜绕砌花。"又曾为予书其黄鹤楼旧作，有云："境从去鹤飞边胜，诗到无人和处传。"句新而极稳，景浅而极确。予《骈枝集》皆先生所点定者。

注：

[一] 褚筠心：褚廷璋，字左莪，号筠心，江苏长洲人，乾隆二十八年（1763）进士，著有《筠心书屋诗钞》。

[二] 丁丑召试：丁丑，乾隆二十二年（1757）。召试：科举考试外的一种官吏选拔方式，指皇帝召见面试。

[三] 词馆：翰林院。（宋）韩琦《王尧臣除翰林学士制》："向者旌其艺文，升冠多士，更集郡条之最，久陪词馆之游。"

[四] 文衡：科举考试中判定文章高下以取士。

[五] 婉娩：音 wǎn miǎn，指仪容柔顺。

（九）

曹习安[一]先生乃江左七子之一，与筠心师同登召试，前刻《宛委山房集》。其五言云："绿树歇疏雨，人家春鸟鸣"；"夕阳千树暝，残雪一枝斜。"七言云："浪连铁瓮[二]无边白，山到金陵不断青"；"白露为霜人乍去，碧天如水雁初闻"；"两岸鸟声疏雨后，一溪花影晚晴初"。皆脍炙人口者。甲辰之役[三]，先生误以予卷为鹤峰中丞[四]少君，极力呈堂，出棘[五]后始知为予，因索近作观之。予呈《乡园杂忆》四十章许，谬蒙奖励，赠以《刻烛》《炙砚》二集，且为题《亡月图二绝》，其次云："点苍回首暮云横，胜有诗怀月路清。莫向乡园添杂忆，金波犹似故山明。"洗尽铅华，独存真韵，非所谓"老去渐于诗律细"[六]耶？

注：

[一]曹习安：曹仁虎，字来殷，号习庵，"吴中七子"之一。浙江嘉定人，乾隆辛巳年（1761）进士，官至侍读学士。此处"安"当为"庵"误。

[二]铁瓮：指铁瓮城，今江苏镇江北固山前之古城，为三国时孙权所筑。唐杜牧《润州》诗其二："城高铁瓮横强弩，柳暗朱楼多梦云。"冯集梧注："润州城，孙权筑，号为铁瓮。"古诗中常将铁瓮城与南京并写，如（元）萨都剌《还京口》："城高铁瓮江山壮，地接金陵草木凋。"与上文有异曲同工之妙。

[三]甲辰之役：甲辰年的考试。甲辰，乾隆四十九年（1784）。

[四]鹤峰中丞：李因培，字其材，号鹤峰，云南晋宁人，乾隆乙丑年（1745）进士，选庶吉士，散馆授编修，历官户、礼、兵、刑四部侍郎及湖北、湖南、福建三省巡按。下文"少君"意为李因培之子。

[五]出棘：棘，本意指科举考试的所设障碍，此处指考场。《旧五代史·周书·和凝传》："贡院旧例，放榜之日，设棘于门及闭院门，以防下第不逞者。"后称科举考试的地方为棘院。

[六]老去渐于诗律细：意为写诗水平到了晚年更加高超。出自清代方仁渊《赠卫铸生先生即以送行》："老去渐于诗律细，兴来犹对酒杯顽"，此句乃化用杜甫《遣闷戏呈路十九曹长》中"晚节渐于诗律细，谁家数去酒杯宽"之句。

（十）

钱学使南园[一]少负诗名，不自存稿，多散寄诸友人处，古体清劲质实，近体高逸沉炼。乙未乞假还滇，其《临漳[二]遇雪》云："邢台路转背初阳，日日西行引辔长。一雪齐封韩赵地，万山交送浊清漳。谷阴冰滑驼颠趾，云际风严雁排行。欲吊古来征战地，题诗先怯鬼雄伤。"《随州[三]道中》云："枯杨风意苦，废寺水痕明。"又云："脍芥[四]鱼抛枕，羹松鳖褪裙。"前之雄直，后之巉削[五]，无不各极其妙。才人之笔，不可端倪如此。

注：

[一] 钱学使南园：钱沣，字东注，号南园，云南昆明人，乾隆辛卯年（1771）进士，官至通政司副使，乾隆朝名臣，诗人。

[二] 临漳：今河北邯郸市下属县。

[三] 随州：今湖北随州市。

[四] 脍芥：鱼脍，又称鱼生，即今之生鱼片，以新鲜鱼贝类生切成片，蘸调味料食用。《礼记·内则》有记"鱼脍芥酱"和"脍，春用葱，秋用芥"。意为吃鱼生时，春以葱佐餐，秋蘸芥末酱同食。刘基《多能鄙事·鱼脍》亦记："鱼脍：鱼不拘大小，以鲜活为上。去头尾、肚皮，薄切，摊白纸上晾片时，细切如丝。以萝卜细剁，布纽作汁，姜丝拌鱼入碟，杂以生菜、胡荽、芥辣、醋浇。"

[五] 巉削：音 chán xuē，本意为山势险峻陡峭之貌，此处形容诗文风格峭拔。

（十一）

"秋海棠开微雨后，水芙蓉褪夕阳时"，晋宁唐药洲[一]先生句也。先生以此得名，吾辈多识之。然先生于此道，实已成家。万荔村[二]谓其似许丁卯[三]，予则谓其似刘文房[四]。游鸡足山所作五古《凤凰卵歌》，俱能不失体格。以前二语论之，如汪钝翁[五]"白蛱蝶飞芳草外，红蜻蜓立藕花中"，较此已有雅俗之别，操觚[六]者不可不知。

注：

[一] 唐药洲：唐文灼，字见三，号药洲，云南晋宁人，乾隆丙戌年

（1766）进士。

　　［二］万荔村：万钟杰，字汝兴，号荔村，云南昆明人，乾隆乙酉年（1765）拔贡，由知县历官福建按察使。

　　［三］许丁卯：唐代诗人许浑，以"丁卯"名其诗集，后世称"许丁卯"。

　　［四］刘文房：唐代诗人刘长卿，字文房。

　　［五］汪钝翁：清初散文家汪琬，号钝庵。

　　［六］操觚：觚，音 gū，古代用以书写的木简，操觚即执简，谓写作。陆机《文赋》："或操觚以率尔，或含毫而邈然。"李善注："觚，木之方者，古人用之以书，犹今之简也。"

（十二）

　　高羽丰[一]前辈未令余干[二]时，落拓不偶，负才忤俗。乙未[三]春同上公车[四]，旧于樊城眷一妓，访之已死，唏嘘累日。予戏其未必果佳，羽丰掀髯狂吟曰："枉说当年人不信，小桃花在夕阳前。"又有《对酒》一绝云："诗里悲歌尽，春风草又生。徘徊残照里，往事怅分明。"诵其诗如见其人。

　　注：

　　［一］高羽丰：据《（道光）余干县志》，高凤翥，号羽丰，云南昆明人，乾隆癸酉科（1753）举人，乾隆四十八年（1783）任江西余干知县。

　　［二］余干：江西省余干县。

　　［三］乙未：乾隆四十年（1775）。

　　［四］公车：指举人进京应试。公车为汉代负责接待臣民上书和征召的官署名，后指举人应试。公车上书，指入京请愿或上书言事，亦特指入京会试之人上书言事。《史记·东方朔传》："朔初入长安，至公车上书，凡用三千奏牍。"

（十三）

　　云龙[一]黄月轩[二]前辈中年中式[三]，素以诗自豪，其《题兰津桥^[四]中》四云："路穷生造化，人过入丹青。晓岸云常恋，雄开夜不扃^[五]。"《镇远》云："地窄能容市，桥高不碍舟。"《辰阳舟中》云："老奔黔道千山马，寒卧长江十日船。"《兜滩结语》云："夕阳古道无人来，溪上一亭危欲坠。"皆新俊可诵。

注：

[一]云龙：今云南大理下属云龙县。

[二]黄月轩：黄桂，字月轩，云南云龙人，乾隆丁卯年（1747）举人，官永善县教谕，有《青云馆集》。

[三]中式：本意为符合规格，语出汉代桓宽《盐铁论·错布》："吏匠侵利，或不中式，故有薄厚轻重。"后引申为科举考试合格被录取。《明史·选举志二》："三年大比，以诸生试之直省，曰乡试，中式者为举人。"

[四]兰津桥：云南景东府城西南一百里许，两岸峭壁插汉，江流飞急，以铁索扣南北岸为桥，相传汉明帝间建，明永乐间重修。

[五]扃：音jiōng，关门。

（十四）

"朝发青山头，暮歇青山曲。青山不见人，猿声听相续。"南海^[一]程湟溱^[二]古诗，渔洋^[三]删作绝句，程深服之。苏丈砚北^[四]《瓶梅》云："卷帘见青山，梅来青山路。枝上带烟霞，窗虚化云去。"又《月夜》句云："步屧^[五]行月中，人寒影亦湿。"神韵俱不减前人。

注：

[一]南海：今广东佛山下属区。

[二]程湟溱：程可则，广东南海人，字周量，一字湟溱，历兵部郎中、桂林知府，有《海日堂集》等。

[三]渔洋：清初诗人王士禛，字子真，号阮亭，又号渔洋山人。

〔四〕苏丈砚北：苏楒，字砚北，云南赵州人，乾隆丁酉年（1777）拔贡，曾任沾益州训导，有《苏楒诗》一卷，为下文提及苏霖渤之子。"丈"为对较自己年长之人的尊称。

〔五〕屟：音 xiè，行走。

（十五）

苏丈柏轩[一]为侍御观崖[二]先生令子，笃志力学，戊子下第后病，有句云："青移命舛囊中颖，白发神劳掌上珠。"写情用事，殊非苟作者。

注：

〔一〕苏丈柏轩：苏楏，字瑞树，云南赵州人，贡生，生平不详。

〔二〕观崖：苏霖渤，字海门，号观崖，云南赵州人，乾隆癸卯年（1783）进士，曾任贵州开泰知县、江南道监察御史等职。

（十六）

龚簪崖《古从军行》二绝云："珠子凌边夜月昏，鹤儿岭上镇云屯。三千尽有封侯骨，毕竟谁擒吐谷浑[一]"；"从戎二十执戈殳[二]，百战余生胆气粗。饮马长江休照影，恐惊霜雪上头颅。"亢壮之气，飒人眉宇。

注：

〔一〕吐谷浑：西晋至唐时期位于祁连山脉和黄河上游谷地的少数民族政权，其首领统称吐谷（yù）浑。

〔二〕戈殳：音 gē shū，古代兵器戈和殳，后泛指兵器。

（十七）

彭大竹林[一]幼即工吟咏，天才雄杰，然如出土古乐器，必略有缺玷，方入赏鉴。其五古云："游鳞不避人，物我同一喜。"此"喜"字之炼可与王右丞"阶前虎心善""善"字相敌。《兕牛滩瀑布》云："高岸经年雪，青天不断虹。"《渡河》云："乾坤惟此水，江汉尽支流。"《响水关》云："空外涛声奔日夜，马头山色落西南。"《乐享道中》云："东望海翻云似墨，北来天合柳为城"，皆磊落自喜，迥不由人。己亥庚子间，以武陵胡羡门[二]荐，赴会垣[三]客徐雨松[四]先生臬署[五]，今中堂[六]孙补山[七]先生方守藩伯[八]，主宾酬唱，相得倍彰。后二载，挑发粤东，羡门已卒于滇。竹林为刻其诗四卷传之。近又闻其搜访杨栗亭[九]集将以付刊，此谊尤为今人所难者。

注：

[一] 彭大竹林：彭翥，字少鹏，号南池，又号竹林，云南蒙化（今巍山县）人，乾隆三十五年（1770）举人，曾任粤东知县、琼州知州等职，著有《海天吟诗集》。

[二] 胡羡门：胡蔚，字少霞，一字羡门，江苏武陵人，拔贡，曾主讲滇中育材书院，穷老以终，葬于滇，著《万吹楼诗集》，增订有《南诏野史》。

[三] 会垣：省城。

[四] 徐雨松：徐嗣曾，字宛东，号雨松，浙江海宁人，乾隆二十八年（1763）进士，历官户部主事、郎中，乾隆四十年（1775）任云南迤东道，累迁福建布政使。

[五] 臬署：臬司的官署。臬司，明清各省提刑按察使司的简称。

[六] 中堂：明清时对内阁大学士的尊称。

[七] 孙补山：孙士毅（1720—1796），号补山，浙江仁和人，乾隆二十六年（1761）进士，曾任云南巡抚，官至文渊阁大学士。

[八] 藩伯：明清时对布政使之尊称。

[九] 杨栗亭：杨履宽，字裕如，号栗亭，云南太和（今大理喜洲）人，乾隆三十九年（1774）举人，著有《四余堂诗稿》。

（十八）

同年杨栗亭，以书卷为性命。体素癯[一]，天明就案，必丙夜始罢，著有《经腴史肪》，未竣而卒。其《廨[二]中忆三塔钟声》云：“流萤度疏箔，微雨霁高崧。坐对竹间月，相思云外钟。秋声下木叶，霜信落芙蓉。安得骑玄鹤，归飞驻碧峰。”又有七言云：“凉月一天荒驿白，好花三径故园黄。”虽未能尽绝依傍，然较之托迹宋元者，相去不知几许也。

注：

[一] 癯：音 qú，瘦。

[二] 廨：音 xiè，官署。

（十九）

易州[一]司马[二]袁苇塘[三]，总角[四]后即与竹林唱和，一时称为“彭袁”。古体仿元、白，近体间染指于温、李。乙未同赴公车，《题少陵祠》有句云：“房公终罢相[五]，严武竟能容[六]。”十字括尽此老一生。予谓杜茶村[七]之咏东坡曰：“早读范滂[八]传，晚和渊明诗”，两者不知谁优。

注：

[一] 易州：古地名，今河北易县。

[二] 司马：官名，始于西周，与司徒、司空并称“三有司”，为朝廷重臣，掌管军政与军赋，常统兵出征。后世职权不断变化，明、清两代，司马成为府同知的别称。

[三] 袁苇塘：袁惟清，字介夫，号苇塘，云南赵州人，乾隆庚寅年（1770）举人，曾官丰润县知县、易州司马等。

[四] 总角：古代儿童将头发分作左、右两半，在头顶各扎成一个髻，形如两个羊角，故称"总角"，借指童年时期。《诗经·齐风·甫田》："婉兮娈兮，总角丱兮。"郑玄笺："总角，聚两髦也。"孔颖达疏："总角聚两髦，言总聚其髦以为两角也。"《诗经·卫风·氓》"总角之宴，言笑晏晏。"

[五] 房公终罢相：房公，指房琯，唐肃宗时宰相。因安史之乱中兵败陈陶被治罪，杜甫上疏为其求情，被罢官，房琯亦被罢相。

[六] 严武竟能容：严武，杜甫友人，字季鹰，陕西华阴人，曾任剑南节度使。杜甫流落蜀中时，严武对其多有照拂。

[七] 杜茶村：明末诗人杜濬，字于皇，号茶村，湖北黄冈人，著有《变雅堂集》。上文所咏诗句出自《咏苏东坡》。

[八] 范滂：东汉名士，正直清高有气节，"党锢之祸"中被杀（党锢之祸：东汉桓、灵帝时期，士大夫、太学生由于评议朝政、反对宦官专权而被宦官集团划为"党人"，遭罢官禁锢、受株连杀害之事件）。

（二〇）

王圣峰[一]孝廉[二]居榆城[三]之观音塘，人品和粹，素称制艺[四]能手，门下士多成名者。予以试事赴大理，遇暇即相往还，出《咏史诗》一卷属予点定。其《咏汉武帝》云："那知四百年文治，全仗雄才大略人。"《东方生》云："过主数罪三，割肉自誉四[五]。"《汲黯[六]周亚夫[七]》云："介胄无拜礼，将军有揖客[八]。君前与臣前，亚夫无乃越。"遣用成事中自出论断，大得运实于虚之法。

注：

[一] 王圣峰：王绍仁，字子静，号圣峰，云南太和人，乾隆庚寅年（1770）举人，官云南昆阳州学正。

[二] 孝廉：本为汉代察举制的科目之一，即推举孝子廉吏，为朝廷选拔人才。明清时孝廉为举人之雅称。

[三]榆城：大理古城别称。西汉王朝在此设叶榆县，属益州郡，故简称榆城。

[四]制艺：指八股文，亦作"制义"。姚华《论文后编·目录下》："熙宁中王安石创立经义，以为取士之格，明复仿之，变更其事，不惟陈义，并尚代言，体用排偶，谓之八比，通称制艺，亦名举业。"

[五]过主数罪三，割肉自誉四：语出西汉辞赋家东方朔之典故。数罪三，指东方朔在汉武帝前弹劾董偃三大罪状，并劝谏汉武帝。割肉句：汉武帝赐肉与百官，但负责分发之官员久候未至，东方朔拔剑自己割下一块肉离去，被弹劾失礼。汉武帝令其自责，东方朔陈述四条理由，自我称赞。事见《汉书·东方朔传》，原文过长，兹不赘录。

[六]汲黯：西汉名臣，为人耿直，好直谏廷争，汉武帝称其为社稷之臣。

[七]周亚夫：西汉名将，军事家，汉景帝时因平定七国之乱，迁丞相。性耿直，屡忤上意，后坐事下狱死。下文"君前与臣前，亚夫无乃越"即指周亚夫因忠直敢言屡次触犯君王之事。

[八]介胄无拜礼，将军有揖客：指汲黯不拜大将军卫青之事。《史记·汲郑列传》："大将军青既益尊，姊为皇后，然黯与亢礼（以对等礼节相待）。人或说黯曰：'自天子欲群臣下大将军，大将军尊重益贵，君不可以不拜。'黯曰：'夫以大将军有揖客，反不重邪？'"

（二一）

许丹山[一]庚子[二]中式，年逾五十，其嗜书与栗亭同，而和易过之，诗品亦如其人。设教飞来寺[三]，与圣峰夹洱河而居。予《都门怀人》诗云："古心古貌超流俗，最爱丹山与圣峰。一水盈盈淡相对，讲堂云散暮天钟。"令子晋斋，己酉[四]拔贡[五]，亦能诗，兼善六法[六]。

注：

[一]许丹山：许宪，字丹山，云南赵州人。生平不详。

[二]庚子：乾隆四十五年（1780）。

[三] 飞来寺：位于云南大理境内，始建于明朝万历年间。

[四] 己酉：乾隆五十四年（1789）。

[五] 拔贡：科举制中由地方贡入国子监的生员之一种。由各省学政从生员中考选，保送入京，作为拔贡。经朝考合格，可以充任京官、知县或教职。

[六] 兼擅六法：意为擅画。南朝谢赫所提绘画六法：“六法者何？一、气韵，生动是也；二、骨法，用笔是也；三、应物，象形是也；四、随类，赋彩是也；五、经营，位置是也；六、传移，模写是也。”

（二二）

陈颖村[一]倜傥工吟咏，尝自刻印章曰“榆城一武生”，辛卯[二]客弥渡[三]，同人邀集紫薇山房，共拟联句。时杨芝翁[四]并砚北、竹林、簪崖俱在座，颖村首唱曰“酒楼人去日西斜”，余皆搁笔。盖用张君房[五]事也。后竟落拓以死，未及中寿。时令子[六]明也，选贡[七]，甫冠即司训宜良。曾有《咏雁》句云：“云来苏武庙，月落李陵台。”戊申[八]冬亦卒于署，得年二十九。乔梓[九]俱负材而俱啬于命，惜哉！

注：

[一] [四] 待考。

[二] 辛卯：见第六条。

[三] 弥渡：今云南大理下属弥渡县。

[五] 张君房：湖北安陆人，北宋间进士，深谙道学，著有道教类书《云笈七签》。

[六] 令子：对他人之子的美称。明也，其人生平不详。

[七] 选贡：明清两朝人才选拔的一种，在岁贡之外考选学行兼优者充贡，称选贡。

[八] 戊申：乾隆五十三年（1788）。

[九] 乔梓：父子。乔木高，梓木低，喻父位尊，子位下，因称父子为

"乔梓"。《尚书·大传·梓材》："伯禽与康叔见周公，三见而三笞之。康叔有骇色，谓伯禽曰：'有商子者，贤人也。与子见之。'乃见商子而问焉。商子曰：'南山之阳有木焉，名乔。'二三子往观之，见乔实高高然而上，反以告商子。商子曰：'乔者，父道也；南山之阴有木焉，名梓。'二三子复往观焉，见梓实晋晋然而俯，反以告商子。商子曰：'梓者，子道也。'"

笺：

张君房生平事迹史籍文献记载不详，下文言及陈颖村首诗句"酒楼人去日西斜"，盖用张君房事，不知何指。文莹《湘山野录》卷上"日本国忽梯航称贡"条有记，日本使臣来宋朝贡，宋真宗敕令该国建一佛祠，日本使臣遂乞寺记一篇，张君房素日善为文，上官遣人寻找，而此时张君房"醉饮于樊楼，遣人遍京城寻之不得"。时人有诗戏曰："世上何人号最忙？紫微失却张君房。"一时传为雅笑。（按：紫微，唐宋时期中书省又称紫微省或微垣。）上文中言及诸人邀集于紫薇山房拟联句，想是用"紫微失却张君房"之事（古人有时"薇"和"微"混用）。

（二三）

温柔敦厚，诗教也。即间涉讽刺，要使言者无罪，闻者足戒，方无戾于三百篇之旨。乡先辈张宜轩[一]称诗于六十年前，所作甚夥，丁亥[二]选授洛阳令，有句云："渭水[三]同归河水浊，大梁何处觅清流。"后竟以是罢官。

注：

[一] 张宜轩：张时，号宜轩，云南赵州人，乾隆戊午年（1738）举人，著有《宜轩诗文集》，生平不详。

[二] 丁亥：乾隆三十二年（1767）。

[三] 渭水：渭河，黄河第一大支流。发源于甘肃省渭源县，流经甘肃、

宁夏、陕西三省，于陕西潼关注入黄河。

（二四）

诗谶[一]之说，予多不信，然亦有不爽者。同里金式昭[二]先生，立品端方、接人和粹，设帐[三]三十载。癸未谒选[四]，改教回滇，卒于新郑[五]。尝有《咏佛手柑》一绝云："托根西土问谁栽，百卉曾经指点来。屈处原多伸处少，一拳半握待人猜。"生平景况都被此诗道尽。又《于景忠庵夜坐》有句云："代仆晨炊冰结瓮，负薪夜坐雪堆庐。"虽一时真事，终嫌寒苦之态逼人。

注：

[一] 诗谶：指所作诗无意中预示后来不详之事。谶，音 chèn，指巫师、方士编造之预示吉凶的隐语。

[二] 金式昭：金德宾，字式昭，号馨斋，云南赵州人，乾隆辛酉年（1741）举人，肄业五华书院。

[三] 设帐：设馆教授生徒。

[四] 癸未谒选：癸未，乾隆二十八年（1763）。谒选：官吏赴吏部应选。

[五] 新郑：今河南郑州下辖县级市。

（二五）

白川[一]李维屏[二]先生以岁荐[三]，授姚安广文[四]，归林后，年余八十，犹自健饭。予得其画竹一幅，上题七古，结云："寄君尺幅挂书堂，炎天无日不清凉。"前辈风流，于此可见。

注：

[一] 白川：古地名，今辽宁北票市一带。

[二] 李维屏：待考。

[三] 岁荐：每年例行的人才举荐。

［四］广文：儒学教官。唐时在国子监增开广文馆，设博士、助教等职，领国子学生中修进士业者，被视为清苦闲散的教职，明清两代指儒学教官。

（二六）

杨芝翁老于诸生，素有三绝之目，字已到香光[一]妙处，书极清韵，诗亦简淡。予尝私识其诗不如画，画不如字，先生殊不谓然。曾题龚解元[二]《揆翁吟卷》，有句云："太行春碧浮诗眼"，七字可敌唐人。

注：

［一］香光：董其昌（1555—1636），字玄宰，号思白，香光居士，松江华亭（今上海闵行）人，明代书画家。万历十七年（1589）进士，授翰林院编修，官至南京礼部尚书。

［二］龚解元：上文提及之诗人龚锡瑞。解元，科举考试中乡试第一名。

（二七）

洪棕严[一]性颖妙，诗文皆能以深思达其奥义。庚戌同上南宫[二]，《老鹰崖》句云："倦客怕谈当路虎，巉崖猛似脱鞲[三]鹰"，极有生致。又见其《三塔寺拟赵所园五律》云："雁声三塔外，秋气一楼中"，较所园[四]初唱更佳。

注：

［一］洪棕严：待考。

［二］南宫：唐开元中，谓尚书省为南省，门下、中书为北省。南宫，指礼部。旧以礼部郎中掌省中文翰，谓之南宫舍人。后之赴春榜，曰赴南宫。

［三］鞲：音 bèi，本谓鹰脱离臂衣，多喻不受拘束。

［四］所园：指下文提及之云南诗人赵廷枢，字仲垣，号所园，太和人，乾隆间拔贡，曾官安仁县知县。

（二八）

赵所园大尹[一]罢官后著有《倦圃集》，大类钟伯敬[二]《诗归》风格，五言云："秋雨不怜菊，离披压径黄"，又云"灌花兼课竹，无事觉春长"，七言云"疏林矮树飞黄叶，浅渚轻舟漾白沙"；又云："三杯便醉吾衰也，半济逢倾事已而。"幽思隽旨，颇耐寻绎。

注：

[一] 大尹：唐以后对府、县行政长官之称。

[二] 钟伯敬：钟惺（1574—1624），字伯敬，一作景伯，号退谷，止公居士，湖广竟陵（今湖北天门）人。明朝文学家、散文家，竟陵派领袖。

（二九）

沙雪湖[一]以开爽之才，锐意吟咏，素从栗亭、羡门游，其《舡溪早行》五言云："溪深迟见晓，上马怯孤峰。雾重冰生石，云消雪在松。"写景清真。《雪后夜行》云："山雪照行路，不知寒夜深。梅花一万树，明月生空林。"结体超逸。《荆州》七言云："江风信有雌雄势，人事难凭出没洲。"《武陵道中》："孤村人静烟生竹，野渡舡过鸟上汀。"皆新稳可诵，予谓其魄力可企竹林，而气象极似簪崖。

注：

[一] 沙雪湖：沙琛，字献如，号雪湖，云南太和人，乾隆庚子科（1780）举人，曾官安徽。

（三〇）

严解元匡山[一]出笔娟秀，予尝爱其"一春书对镜台修"之句，为丽而有骨。庚戌报罢回滇，今学使萧碧畦^[二]先生邀与衡文^[三]。按榆时出《闺中》寄予云："十九峰峦笑近人，看山何处染缁尘。离情似隔迢迢水，一夜兼葭晓月新。"措词深婉，落墨黯然。

注：

[一] 严解元匡山：严烺，字存吾，号匡山，云南宜良人，乾隆癸丑年（1793）进士，官至甘肃布政史。

[二] 萧碧畦：萧九成，字韶亭，号碧畦，山东日照人，乾隆壬辰年（1772）进士，曾任云南学政。

[三] 衡文：科举考试中评选文章。

（三一）

汪殿撰云壑^[一]先生督学滇中，极倾倒于龚簪崖、罗琴山^[二]，曾合序其集，且谓琴山具体王、孟，簪崖出入于遗山、青丘子^[三]，遂以五律二首寄琴山，其次云："称与簪崖子，东西峙两生。高元才自逸，王孟格犹清。一序堪千古，《三都》敌《二京》^[四]。望山差后起，鼎足不嫌轻。"望山^[五]盖谓文五^[六]也。

注：

[一] 汪殿撰云壑：汪如洋，字润民，号云壑，浙江秀水人，乾隆四十五年（1780）状元，乾隆五十一年督学云南。

[二] 罗琴山：罗觐恩，字汝勤，号琴山，云南石屏人，岁贡生。

[三] 遗山：元好问，字裕之，号遗山；青丘子：指明初诗人高启（1336—1373），字季迪，号槎轩，又号青丘子，江苏苏州人，洪武初授翰林院国史编修，因魏观事连坐腰斩，有《高太史全集》《凫藻集》等。

[四]《三都》敌《二京》：《三都》，西晋左思《三都赋》；《二京》，指张衡《二京赋》。

　　[五]望山：文钟运，字子斌，号望山，云南昆明人，乾隆五十一年（1786）举人，官福建福清知县。

　　[六]文五：李凤彩，字文五，云南建水人，乾隆甲戌年（1754）进士，历任镇洋、仪征知县，内迁通政司经历，著有《银台诗集》《杜诗中论集注》。

（三二）

　　望山为西浦^[一]难弟，负才卓荦，能诗、古文，兼工笔翰，性嗜酒，醉后多骂座，人皆畏避，然其中坦坦如也。曾次南园先生^[二]韵，题予《伫月图》有云："安得延清辉，照我读书室。鉴我冰雪心，净我疏狂疾。使我怀抱舒，倾倒谢明月。"着眼"伫"字，颇得鄙意之所在。

注：

　　[一]西浦，文泰运，字健斋，号西浦，云南昆明人，乾隆己卯年（1759）举人，任腾越、元江学正等职。

　　[二]南园先生：云南另有明代保山诗人张志淳，亦号南园，此处南园先生指上文第十条所注清代钱沣，钱沣为师范同时代诗人，曾题师范《伫月图》。

（三三）

　　张大滇洲^[一]，晋宁人，性豪迈，丁未^[二]客都门，时与望山、匡山过予谈诗。予回滇，滇洲亦往济南。庚戌春同寓宣南坊，出示《东山游草》一卷，造语生辣，颇多可采者。《中秋夜舟中独酌》云："岂是今宵月，偏于此处明。长江人万里，短烛夜三更。"《姜伯约^[三]》云："若教依魏氏，谁肯祀姜公。得子如鸣凤，知君有卧龙。九番承壮志，百战矢孤忠。古庙临流水，涛涛恨未穷。"《飞来石》云："来是何年月，严严坐翠微。兄兮如有翼，吾愿跨之飞。"《登泰山极顶石》云："峭壁撼天风，巉岩喷紫雾。我登封禅台，喜得振衣处。"《闺怨》云："香花镇日小窗凭，几度拈花懒不胜。羡煞无愁诸女伴，手裁双凤绣春灯。"七律《励志》句云："鸡犬最宜防野去，牛羊莫使入山来。"《九日怀人》云："送酒人来荒径晚，题糕客^[四]散暮山寒。"如新鹛出林，羽毛俊异，倘加以学力，吾不能量其所至也。

注：

［一］张鹏昇，字培南，号滇洲，云南晋宁人，乾隆乙卯年（1795）进士，历官刑部主事、沂州知府等职，有诗名。

［二］丁未：乾隆五十二年（1787）。

［三］姜伯约：姜维（202—264），字伯约，凉州天水郡（今甘肃省天水市）人，三国时期蜀汉著名军事家。诸葛亮、费祎死后，姜维总领蜀汉军权，并先后11次伐魏。死后谥号平襄侯。

［四］题糕客：指唐代诗人刘禹锡。据传刘禹锡在重阳日与友人登高作诗，欲用"糕"字，但因五经中无此字，遂弃用。此事见于宋·邵博《邵氏闻见后录》记："刘梦得作《九日诗》，欲用糕字，以五经中无之，辍不复为。宋子京以为不然。故子京《九日食糕》有咏云：'飙馆轻霜拂曙袍，糗糍花饮斗分曹。刘郎不敢题糕字，虚负诗中一世豪。'"

笺：

糗糍之说，出自《周礼》，《周礼·天官》有"羞笾之食糗饵粉糍"之语。糗糍，音 qiǔ cì，糗为炒熟的米麦粉，糍为糕类食品。花饮斗分曹，分曹为古时一种游戏，语出《楚辞·招魂》："菎蔽象棋，有六簙些；分曹并进，遒相迫些。"王逸注："曹，偶。言分曹列偶，并进技巧。"唐·李商隐《无题》诗有句"隔座送钩春酒暖，分曹射覆蜡灯红"，均是指游戏。刘禹锡因五经中无"糕"字而不敢写入诗中，反映了一种谨慎、谦虚的创作态度，被后人嘲笑迂腐，枉负"诗豪"之名。但实际上，无论他的谨慎还是后人勇于创新，都是值得肯定的。

（三四）

方大梦亭[一]，晋宁人；朱四笏山[二]，石屏人。住京日，往还甚密。予曾作《老将》一律云："二十从戎勇冠军，燕然山[三]断皂鸱[四]群。摧坚不肯辞前部，犁穴[五]曾经立异勋。苔卧绿沉枪已涩，血凝金锁甲犹殷。白头甘向关门老，闲对秋风指阵云。"梦亭曰，十二文中"殷"字并无此意，若必作此意用，不如移入《十五·删》[六]，则"山"、"关"、"闲"、"间"、"还"、"艰"、"殷"俱成妙押。一时手滑，偶致不检，遂易为"苔卧绿沉枪黯黯，血销金锁甲纷纷"。然终当改作，以答良友之意也。又有《本事》一律云："已成情恨复情痴，恶耗传来信忽疑。愁易填膺仍讳病，药虽及膈枉求医。凄凉被履余今日，辛苦刀砧忆往时。我未言归卿便死，免教人世有生离。"笏山曰："'不教人世有生离'似觉更紧，若'免教'是幸其死矣。"二君皆予一字师，志之以示不忘。

注：

[一] 方大梦亭：方学周，字愚谷，号梦亭，云南晋宁人，乾隆乙卯年（1795）举人，官四川射洪县知县，卒于官，有《梦亭诗文集》。

[二] 朱四笏山：朱奕簪，字杜邻，号笏山，云南石屏人，乾隆四十五年（1780）举人，官四川什邡县知县，有《芋栗园遗诗》。

[三] 燕然山：东汉窦宪破北匈奴刻石记功之处。亦借指边塞。《后汉书·窦融列传·窦宪》记窦宪"与北单于战于稽落山，大破之……宪、秉遂登燕然山，去塞三千余里，刻石勒功，纪汉威德。"

[四] 皂鸱：黑色的鸱鹰，诗中喻境外侵略之敌。皂，黑色。鸱，音 chī，凶猛的鸟。

[五] 犁穴：犁庭扫穴的简称，指犁平敌人大本营，扫荡其巢穴，比喻彻底摧毁敌方。庭，龙庭，古代匈奴祭祀天神之所，亦为匈奴政权的军政中心。

语出班固《汉书·匈奴传下》："固已犁其庭，扫其闾，郡县而置之。"

[六]《十五·删》：清代李渔所作声律启蒙读物《笠翁对韵》中的一部分。

（三五）

李苇斋[一]为庚午解元国衡公[二]季子[三]，工时艺[四]，屡举不第，遂逃于酒。曾有《咏梅》句云："大才冰霜后，元功天地初。"簪崖评曰："可匹'独立江山暮，能留天地春'[五]之句，后人极力深造，稍觉自得之语，往往不能出古人意之所到，所谓先得我心之所同，然此类是也。"予谓沈公身丁鼎革[六]，故此语弥觉其工，若以宗旨谕之，则苇斋句尤为近里。

注：

[一]李苇斋：生平不详。

[二]国衡公：李宰，字国衡，云南大理人，乾隆庚午年（1750）解元，任云南永善教谕。

[三]季子：最小的儿子。

[四]时艺：指时文，明清时科举考试之八股文，亦称制艺。

[五]独立江山暮，能留天地春：明末诗人沈钦圻之诗《梅》。沈钦圻，字得舆，长洲（今江苏苏州）人，生卒年不详。

[六]鼎革：指改朝换代。"鼎"与"革"本为《易经》中两个卦象："井道不可不革，故受之以革；革物者莫若鼎，故受之以鼎。"意为水井使用时间长了须清理改造，因此要"革"，即革新求变。要达到革新，莫过于受"鼎"。鼎为祭器，亦是权力的象征，所以君子持鼎，就意味着掌握权力。

（三六）

赵二觉斋[一]总角时与家素人[二]唱和，后则每变而愈工，方梦亭、张溟洲、何鲁崖[三]皆奉为畏友，其步人《咏鹤》八律有句云："云中瘦格群推丙，华表游踪旧识丁。草阁云团珠树绿，桑山日挂岛门红。粮熟芝田秋饭石，书来阆苑体簪花。楚塞高楼横月影，黄州断岸走江声。"又《于华山精舍谒玉峰少宰^[四]画像》云："软障高悬历岁寒，九龄风度未摧残。白头归佛浑闲事，说法居然现宰官。（其一）抚仙湖上返征鸿，重到僧房谒巨公。石气青苍云气冷，山茶一树接檐红。（其二）"尝鼎一脔^[五]，亦可知味。

注：

［一］赵二觉斋：赵蘧，字幼瑗，号觉庄（据《民国新纂云南通志》），云南晋宁人，嘉庆壬戌年（1802）进士，由庶常改知县，年未三十而卒。

［二］素人：师范之弟师箴（1759—1804），字素人。

［三］何鲁崖：待考。

［四］玉峰少宰：赵士麟（1629—1699），字麟伯，号玉峰，云南河阳（今澄江县）人，康熙甲辰年（1664）进士，历官浙江巡抚、江苏巡抚、吏部左侍郎，有《读书堂彩衣全集》。赵士麟为康熙朝名臣，在滇中声望很高。

［五］尝鼎一脔：品尝鼎中一块肉，就可知全鼎之肉味。比喻指由部分推知全体或由小见大。语出《吕氏春秋·察今》："尝一脔肉而知一镬之味，一鼎之调。"

（三七）

王雪庐^[一]大尹性清旷，善诗文，尤工铁笔^[二]，著《釭书》二卷，不减何雪渔^[三]、程穆倩^[四]，随意作没骨画^[五]，颇有生趣。予趋庭^[六]晋宁，日朝夕请益，曾记其《寄李澹园》云："囊空应有债，笔秃定随身"，造句酷似贾长江^[七]。又题《画意》赠予云："昂藏自有冲霄志，潇洒真有出世姿。绝胜人间最高树，蓬莱山上矮松枝。"虽云林石田^[八]，无以过此。

注：

［一］王雪庐：王绶，字敷训，号雪庐，云南晋宁人，乾隆己卯年（1759）举人，官甘肃省合水知县。

[二] 铁笔：刻印刀之别称，因用刀代笔，故名。工铁笔指擅长篆刻、雕刻。

[三] 何雪渔：明代篆刻家何震（1522—1604），字主臣、长卿，号雪渔，安徽休宁县（一说江西婺源县）人，深究古籀，精于书篆治印。

[四] 程穆倩：程邃（1607—1692），字穆倩、朽民，号垢区、青溪，明末清初篆刻家、书画家，歙县（今属安徽）人。

[五] 没骨画：中国画画法之一。书法中笔锋所过之处称"骨"，其余部分称"肉"，不勾轮廓，不打底稿，更不放底样拓描。作画时，要求画者胸有成竹，一气呵成。

[六] 趋庭：指子承父教。用《论语》中"鲤趋而过庭"之典故。鲤，孔子之子，字伯鱼。《论语·季氏》："（孔子）尝独立，鲤趋而过庭，曰：'学《诗》乎？'对曰：'未也。''不学《诗》，无以言。'鲤退而学《诗》。他日又独立，鲤趋而过庭，曰：'学《礼》乎？'对曰：'未也。''不学《礼》，无以立。'鲤退而学《礼》。"

[七] 贾长江：唐代诗人贾岛（779—843），著《长江集》，人称贾长江。

[八] 林石田：林昉（1242—1271），宋代诗人，字景初，号石田，广东人，与汪元量交好，宋亡不仕。

（三八）

晋宁王公觉士、宋公亦乐[一]能诗工琴，且时作嵇、阮游，然酒后多不自检，尹相国元长[二]先生总制滇黔时，谓觉士不减吴江顾我锜[二]，亦乐遇试辄冠军，后皆以狂荡被斥。王有句云："高楼铁笛残阳里，吹落江门一派秋。"宋有句云："醉后不知身是客，家山一枕月明中。"

注：

[一] 王公觉士：觉士当为"觉斯"之误，《（民国）新纂云南通志》卷七十六"艺文考六·滇人著述之书六·集部三·别集类三"记载《觉非集》作者王镛，字觉斯，号觉非子，晋宁人，乾隆初诸生。亦乐其人待考。

[二] 尹相国元长：尹继善（1694—1771），字元长，号望山，满洲镶黄

旗，雍正元年（1723）进士，历官编修，曾任云贵总督。

[三] 顾我锜：字湘南，号帆川，苏州吴江人，诸生，负诗名。据《（乾隆）吴江县志》记，鄂尔泰官江苏布政使时，对顾我锜尤为赏识，称其为"南国才人冠"。

（三九）

建水李文五前辈，由知县陛任通政司经历[一]，素以诗酒自娱，性豪宕，老弥嗜学，注杜颇费精思，然以五伦分体[二]，甚属穿凿。先生虽极自负，予终不敢阿所好[三]也。丁未夏六月，过先生寓，几上一灯如豆，犹跣足袒臂，作洛生咏[四]不绝。未数日，鼻垂玉箸[五]，趺坐[六]而逝。盖先生笃于至性，宜其如此。《过荆州》七古有句："以贼攻贼侯所耻。"文望山谓："关公心事一语写出，觉南连孙权、北拒曹操之言，终属机械。"又有《题凤凰台》一律云："不到青莲不是才，才人心地九天开。澄江净练古推谢[七]，黄鹤白云今让崔[八]。国活汾阳[九]君不见，讽深飞燕[十]我之怀。香亭奏罢清平调，又赋离骚上凤台。"予尝谓先生云："大著如林，终当以此为第一"，先生首肯。

注：

[一] 通政司经历：通政司，官署名。明代始设，名为"通政使司"，简称"通政司"，其长官为"通政使"。清代沿置，掌内外章奏和臣民密封申诉之件。《明史·职官志二》："通政使掌受内外章疏敷奏封驳之事。"通政司下设经历司，经历从五品至正八品，掌收发文移及用印。

[二] 五伦分体：指以五种人伦关系将杜甫诗歌分门别类。五伦，儒家传统伦理道德中的五种人伦关系，君臣、父子、夫妇、兄弟、朋友，《孟子·滕文公上》："使契为司徒，教以人伦：父子有亲，君臣有义，夫妇有别，长幼有序，朋友有信。"

[三] 阿所好：为取得某人的好感而迎合其爱好。语出《孟子·公孙丑

上》："宰我、子贡、有若，智足以知圣人，污不至阿其所好。"

[四] 洛生咏：指洛下（即洛阳）书生之讽咏声，音色重浊。《晋书·谢安列传》："安少有盛名，时多爱慕。乡人有罢中宿县者，还诣安。安问其归资，答曰：'有蒲葵扇五万。'安乃取其中者捉之，京师士庶竞市，价增数倍。安本能为洛下书生咏，有鼻疾，故其音浊，名流爱其咏而弗能及，或手掩鼻以效之。"

[五] 玉箸：本意为玉制的筷子，后亦佛家指坐化时垂下的鼻涕。明陶宗仪《辍耕录·嗓》："王（王和卿）忽坐逝，而鼻垂双涕尺余，人皆叹骇。关（关汉卿）来吊唁，询其由，或对云：'此释家所谓坐化也。'复问鼻悬何物，又对云：'此玉箸也。'"

[六] 趺坐：趺，音 fū。佛家"金刚跏趺坐"的简称，指佛教徒打坐入定之式。

[七] 澄江净练古推谢：南朝诗人谢朓作《晚登三山还望京邑》诗，有"余霞散成绮，澄江静如练"句，为后世称道。

[八] 黄鹤白云今让崔：唐朝诗人崔颢《黄鹤楼》诗句"黄鹤一去不复返，白云千载空悠悠"。

[九] 国活汾阳：指唐朝名将郭子仪平叛安史之乱，拯救唐朝之事。汾阳：郭子仪曾封汾阳王，后世称"郭汾阳"。《新唐书·郭子仪传》记郭子仪平叛后回朝，皇帝亲自迎接，并有"国家再造，卿力也"之语，因此后世有"国活汾阳"之说。

[十] 讽深飞燕：飞燕，指西汉汉成帝宠妃赵飞燕。常作为后世讽喻君王沉溺美色而荒废国政之对象。

（四〇）

倪东平[一]前辈原令柳城[二]，后补宜城，性修洁，工赏鉴，书临董、米[三]，时出新意。诗不常作，间为之，声调极谐，即专门者，或居其下。唐药洲先生戏称为柳生诗。其《偕友人饮丰台刘园》云："五年燕市苦摧残，怪底今朝喜欲狂。蔆尾[四]千畦春烂漫，红螺[五]百罚兴飞扬。桑麻被野分泉润，竹树成村散夏凉。极目晴郊思小仁，尊前切莫舞山香。"此亦似经锤炼者。

注：

〔一〕倪东平：倪宪，字东平，云南楚雄人，乾隆壬申年（1752）举人，曾官宜城县（今湖北襄阳下辖县级市）知县。

〔二〕柳城：今广西柳州市下属柳城县。

〔三〕董、米：书法家董其昌、米芾。

〔四〕婪尾：本指酒席中最后一巡，此处指婪尾春，即芍药花。芍药为春天最后开的花，因此又名"婪尾春"。宋代陶穀《清异录·花》有记："胡峤诗'瓶里数枝婪尾春'，时人罔喻其意。桑维翰曰：唐末文人有谓芍药为婪尾春者。婪尾酒乃最后之杯，芍药殿春，亦得是名。"

〔五〕红螺：海产贝类动物，壳薄而红，可制为酒杯，因此古诗文中常用于指代酒或酒杯。唐刘恂《岭表录异》卷下："红螺，大小亦类鹦鹉螺，壳薄而红，亦堪为酒器。刳小螺为足，缀以胶漆，尤可佳尚。"陆龟蒙《袭美醉中寄一壶并一绝走笔次韵奉酬》有句："酒痕衣上杂莓苔，犹忆红螺一两杯。"

（四一）

太和杨松舟[一]年伯[二]赴任河西日，过晋宁，为予言太和令屠雁湖[三]先生《都门元夜》有句云："万里他乡人共醉，一年此夜月初盈。"辇下[四]遂有屠初盈之呼。予今年元夕亦有句云："一年又见初圆月，万里同看不夜天。"未知与屠句何似，恨不起先生一正之。

注：

〔一〕杨松舟：待考。

〔二〕年伯：明清时对与父亲同年登科者的尊称，亦用以称同年的父亲或伯叔，也泛称父辈。

〔三〕屠雁湖：屠可堂，字斯寿，号雁湖，浙江宁波人，乾隆十七年（1752）举人，曾任云南定远、太和知县、姚州知州等职。

〔四〕辇下："辇毂下"简称，即天子车驾之下，代指京师。语出司马迁

《报任少卿书》："仆赖先人绪业，得待罪辇毂下，二十余年矣。"

（四二）

施竹田[一]布衣为编修芳谷[二]师从叔[三]，少从鹤峰中丞游，久负诗名。砚北尝诵其句云："天街夜月重梅冷，深巷秋风落叶多。惊秋气短将军树，爱月情多姊妹花。风云高阁低河汉，灯火秋窗见古今。"俱近大历十子。甲午北上，晤于金马坊[四]，予索观其近集，遂以二绝投予云："夕阳古寺三分雪，流水孤村数点鸦。自有诗人横幅在，不辞千里看梅花。柳市寒深新贳酒，月泉岁暮苦征诗。请君好读《谈龙录》[五]，秋谷渔洋旧所师。"庚戌春，文望山于都门诵其《紫荆里》，七古气体豪逸，不减玉局公[六]，惜篇长未及备载。

注：

[一] 施竹田：施安，字竹田，号石友，浙江仁和人，著有《旧雨斋集》。

[二] 芳谷：施培应，字启东，号芳谷，昆明人，乾隆丁丑年（1757）进士，选庶吉士，散馆授编修，曾典试山西。

[三] 从叔：即堂叔。

[四] 金马坊：昆明市三市街与金碧路交叉口，初建于明朝宣德年间，为昆明闹市胜景。

[五] 《谈龙录》：清代赵执信所撰诗话，此书专为批驳王士祯诗论而作。下文"秋谷"即为赵执信，"渔洋"即王士祯。

[六] 玉局公：苏轼，因曾任玉局观提举，后人时以"玉局"称之。

（四三）

段可石[一]同年弱冠即享盛名，落笔敏妙，尤工行草。成进士，年近五十。素与段玉三[二]、王雪庐等唱和。乙未赴南宫，有《题木洲》一律，次联云："滩急白飞千古雪，江平青熨一痕天。"

结联则有买宅之意，同辈皆绝称之。予戊申南还过此，感成一绝并寄可石云："木洲买宅总虚谋，云树阴阴水自流。辛苦题诗前进士，江天滩雪共千秋。"

注：

〔一〕段可石：段琦，字兆魏，号可石，云南河阳人，乾隆庚子年（1780）进士，曾官金坛知县。

〔二〕段玉三：待考。

（四四）

漱亭[一]同年为游戎[二]陆公仲子，能书喜画，结社碧峣别院，有"船载波光直到门"之句，梦楼太守极赏之，广为延鉴。遂作波光图，遍索诸名人题咏，且自号"波光"以附于赵倚楼、鲍孤雁[三]之后。前岁暴卒，年未五十，则"波光"二字早寓不寿之征。

注：

〔一〕漱亭：陆艺，字正游，一字树人，号漱亭，云南昆明人，乾隆甲午年（1774）举人，工诗善画，著有《漱亭集》。下文其父陆公生平不详。

〔二〕游戎：武将职，率游兵往来防御，在参将之下。

〔三〕赵倚楼、鲍孤雁：指唐代诗人赵嘏和宋代诗人鲍当。赵嘏工诗，杜牧最爱其"长笛一声人倚楼"句，时人称为"赵倚楼"；鲍当因《孤雁诗》被称为"鲍孤雁"。

（四五）

陈雪岭[一]，乐亭人，性简傲，喜谐谑。画无师授，落笔便肖，凡人世猥琐鄙亵之事，一经描写，无不各极其态。曾宿石臼坨禅院[二]，有句云："沙鸟月明呼客梦，野花风定伴僧闲。"颇入静悟。予题其集后云："沙鸟月明呼客梦，野花风定伴僧闲。南楼楚雨吴江水，各有诗留天地间。"盖用张养重[三]之与渔洋也。年逾六十，面色如婴儿，谈引导之术[四]，似亦有得，在畿东可称一奇士。

注：

[一] 陈雪岭：陈箐，字雪岭，河北乐亭人，岁贡生，《乐亭县志》记其性高洁，志趣风雅，工书善画。

[二] 石臼坨禅院：位于乐亭县西南部渤海湾中的岛屿。

[三] 张养重（1617—1684），字斗瞻，号虞山，又号虞山逸民，晚号椰冠道人，江苏淮安人。清初淮安诗坛魁首，王士祯官扬州时与其交契。

[四] 引导之术：道家锻炼之法，将肢体运动与呼吸吐纳结合的运动养生之术。

（四六）

裴孝廉璞轩[一]，丙申[二]岁即从予游，食贫力学，予尝赠以句云："积苦攻文朝画粥[三]，息心稽古夜披帷。"盖纪实也。庚子获隽[四]，辛丑[五]入额，竟为有力者所挤。予戊申南还，以诗送别，有句云："十年张翰秋风思[六]，万里成连渤海弦[七]。"颇能不忘其所自。

注：

[一] 裴孝廉：师范诗集中有赠诗，但其人生平不详。

[二] 丙申：乾隆四十一年（1776）。

[三] 画粥：范仲淹青年时期家境贫困，寄居僧寺中，每日将冬天冻结的粥划分为几块，每顿按量食用，后以"画粥"喻艰苦求学。事见（宋）文莹《湘山野录》："范仲淹少贫，读书长白山僧舍，作粥一器，经宿遂凝，以刀为

四块，早晚取二块，断茎数十支啖之，如此者三年。"

[四] 获隽：意为会试得中。亦泛指科举考试得中。

[五] 辛丑：乾隆四十六年（1781）。

[六] 张翰秋风思：西晋张翰因见秋风起，思念家乡美味，遂从洛阳辞官回乡的故事。《晋书·张翰传》记载："张翰，字季鹰，吴郡吴人也。……翰因见秋风起，乃思吴中菰菜、莼羹、鲈鱼脍，曰：'人生贵得适志，何能羁宦数千里，以要名爵乎？'遂命驾而归。"后世以"莼鲈之思"比喻思乡之情或辞官归隐之意。

[七] 成连渤海弦：成连，春秋时著名琴师，伯牙之师。相传伯牙跟成连学琴，数年未成。成连将其带至东海，伯牙在海浪山林中悟出精妙，《昭明文选》卷十八"赋壬·琴赋"中，李善注引《琴操》："伯牙学琴于成连先生，先生曰：'吾能传曲而不能移情。吾师有方子春，善于琴，能作人之情，今在东海上，子能与我同事之乎？'伯牙曰：'夫子有命，敢不敬从。'乃相与至海上见子春受业焉。"《太平御览》卷五百七十八"乐部十六·琴中"《乐府解题·水仙操》对此有更详尽记载："伯牙学琴于成连先生，三年不成。至于精神寂寞，情之专一，尚未能也。成连云：'吾师方子春今在东海中，能移人情。'乃与伯牙俱往，至蓬莱山留宿伯牙，曰：'子居习之，吾将迎师。'刺船而去，旬时不返。伯牙近望无人，但闻海水洞汩崩折之声，山林窅冥，群鸟悲号，舍然而叹曰：'先生将移我情！'乃援琴而歌。曲终，成连回，刺船迎之而还。伯牙遂为天下妙矣。"

（四七）

天津太守金质夫[一]《梅影》四律，和者甚夥，予亦有作，为南园所删，评曰："题本纤碎，诗即工何益？"然如大鸿胪[二]陈潭屿[三]先生《月下梅影》云："鹤背凝香静不知"，唐若村[四]文学[五]《灯下梅影》云："帐中如见李夫人[六]"，造语精当，似亦可传。

注：

[一] 金质夫：金文漺，字质夫，浙江钱塘人，进士。曾任天津知府，崇

尚文士，惠政甚多。罢官后，主讲问津书院。

［二］大鸿胪：官名，主掌外宾、朝会仪节之事。

［三］［四］待考。

［五］文学：官职名，清代对官职、地名等喜用古称。"文学"为汉代始设，以明经者为之，职掌地方教育。后世职能不断变化，多以博学俊才担任低级无实职的小吏。清代指未入流的低级文职小吏。

［六］帐中如见李夫人：李夫人，汉武帝宠妃，死后汉武帝对其日夜思念，召方士作法，于帷帐中见其身影。《汉书》《拾遗记》《搜神记》均记载此事。干宝《搜神记》："汉武帝时，幸李夫人，夫人卒后，帝思念不已。方士齐人李少翁，言能致其神。乃夜施帷帐，明灯烛，而令帝居他帐遥望之。见美女居帐中，如李夫人之状，还幄坐而步，又不得就视。帝愈益悲感，为作诗。"

（四八）

湘潭张镜湖^{［一］}为潭屿先生内侄，先生分巡迤西^{［二］}，镜湖在其署，曾管聚龙厂、剑川、兰州皆所涉历，后于永平总盐策，与予甚契，其谈诗最重格律。铢称黍度^{［三］}，每鲜当意者。曾有《白桃花》一律云："似为清明愿未酬，夕阳含影艳全收。三春雪点名园里，二月霜飞古渡头。妆成蕊宫谁傅粉，浪摇湘岸欲迷鸥。芳魂不返天台路，玉镜空余一段愁。"此盖悼亡之作也。托物言情，较之潘安仁^{［四］}"遗挂犹在壁"倍觉凄艳。

注：

［一］张镜湖：待考。

［二］迤西：清在云南置迤西道，驻大理府（今云南大理市），领大理、丽江、楚雄、永昌、顺宁五府，蒙化、景东、永北三厅，辖境约当今云南永仁、大姚、牟定、双柏、景东、临沧等县以西地区。

［三］铢称黍度：指于细微处均仔细推敲。铢、黍为轻微的重量单位，喻微细之处。

[四] 潘安仁：西晋文学家潘岳，字安仁，文中诗句出自其《悼亡诗》。

（四九）

谢九默夫[一]，南昌人，乃尊官参戎[二]，少习弓马，二十始知向学，经、史、子、集以及阴阳、孤虚[三]、医卜、相数，无不力穷其奥。甫四旬，须发皓然。意有弗屑，虽对坐终日，不交一言；心所许可者，独得风驰泉涌，漏数下，未肯即休。与予交最善，曾题《水仙花六绝句见寄》有云："沙寒未必栖根稳，留取幽香寄所思。"又云："应是有香无地着，一池清浅忆蓬莱。"西还日，以绝句十四章送别，其五云："一度高歌一怆神，短蓬风雪马前春。江西坡上如回首，应念天涯有故人。"其末云："海鹤觑觑[四]迹尚留，送君何异失浮坵[五]。苦吟从此无人会，真为团茶忆赵州。"清转疏峭，大类北宋名家。予亦赠以二律，首云："貌如山立句如城，天上星辰指掌名。说剑心同漆园[六]爽，吟诗骨比建安[七]清。敢因扪虱疑王猛[八]，喜为闻鸡识祖生[九]。阅尽炎凉情转熟，十年辽海赋孤征。"次云："莫弹长铗叹无鱼[十]，缓步何妨且当车。白首功有谁许共，青山事业我终疏。霜凝紫塞秋风劲，云锁遥空夕照虚。天地茫茫如此大，应容吾辈结蓬庐。"倾倒之至，不觉探喉而出，未知谢四溟、卢次梗[十一]，较渠何如？

注：

[一] 谢九默夫：谢阶树，字欣植，一字子玉，号向亭、默夫，江西宜黄县人。嘉庆十三年（1808）榜眼，历任翰林院编修、湖南学政等，著有《守约堂诗文集》《沅槎唱和集》《澧州唱和集》《合璧连珠》等。

[二] 参戎：本指参谋军务，明清时武官参将，亦称参戎。

[三] 孤虚：方术用语。即计日时，以十天干顺次与十二地支相配为一旬，所余两地支称之为"孤"，与孤相对者为"虚"。常用以推算吉凶祸福及

事之成败。

　　[四]氋氃：音：méng tóng，羽毛松散貌。

　　[五]浮坵：此处当为"浮丘"。清代避孔子名讳，又多写为"邱"或"坵"。浮丘有地名，亦指人名，或指道家仙人浮丘公，亦指秦汉间大儒浮丘伯。此处应是以浮丘伯比喻其友人谢九。

笺：

　　浮丘其人，典籍所载，仅零星可见。《汉书·儒林传·申公》有记："申公与楚元王交，俱事齐人浮丘伯，受《诗》……则浮丘伯实儒者也。"《诗序》言："申培师浮丘伯，浮丘伯师荀卿，是鲁诗距荀卿亦再传。"唐成伯玛《毛诗指说》记载："丘伯，齐人，秦时诸生，本荀卿门人。吕太后召入南宫说诗，又遣王子郢与申公俱诣长安，终其业。"以上三条记录可知浮丘为秦汉间大儒，齐国人，荀子弟子，是研究《诗经》的大家，四家诗（研究诗经的齐、鲁、韩、毛四家）的重要人物，为一代大儒。谢灵运《撰征赋》有句："学浮丘以就德，友三儒以成类"，亦视浮丘为一代大儒和学习榜样。另在诸多相关文学作品中，浮丘以道家仙人的形象出现。晋郭璞《游仙诗》之三有句："左把浮丘袖，右拍洪崖肩。"李白《凤笙篇》："莫学吹笙王子晋，一遇浮丘断不还。"刘禹锡《酬令狐相公见寄》诗："何时得把浮丘袖？白日将升第九天。"高启《孤鹤篇》："翩翩浮丘伯，朝从东海来。相呼与之归，谓是仙骥才。"均视浮丘为道家指路仙人。清代赵翼《陔馀丛考·安期生浮邱伯》："世以安期生、浮邱伯皆为列仙之徒。"李善作注引《列仙传》："浮丘公接王子乔以上嵩山。"一为儒，一为道，应不是同一人。文中作者师范学问富赡，友人应是将之喻为一代大儒浮丘伯，且其人积极追求仕进，一生八上春官，符合儒家积极入世之态度，因此不应将其比为升仙得道之浮丘公。

　　[六] 漆园：指庄子，庄子曾为漆园吏。

　　[七] 建安：建安，东汉汉献帝第五个年号。此处指建安时期以三曹七子（曹操、曹丕、曹植父子三人以及王璨等七文人）为代表的诗歌风貌，因内容充实、风格刚健、情思慷慨而称"建安风骨"。

　　[八] 敢因扪虱疑王猛：西晋时名士王猛见大将军桓温，一边捉衣服上的虱子，一边纵谈天下事，桓温对其另眼相看。《晋书·王猛传》："桓温入关，猛被褐而诣之，一面谈当世之事，扪虱而言，旁若无人。温察而异之。"上文中"疑"应为"异"之误写，"异"意为"不寻常"，若用"疑"字，则含义有变，在文中不通。

　　[九] 喜为闻鸡识祖生：用东晋名将祖逖"闻鸡起舞"之典。祖逖立志报国，与友人刘琨互相勉励，半夜闻鸡鸣声而起床练剑，后比喻励志自强。《晋书·祖逖传》："（祖逖）与司空刘琨俱为司州主簿，情好绸缪，共被同寝。中夜闻荒鸡鸣，蹴琨觉曰：'此非恶声也。'因起舞。"

　　[十] 莫弹长铗叹无鱼：用战国谋士冯谖弹铗而歌，感叹自己不得志的典故。《战国策·冯谖客孟尝君》记，冯谖为孟尝君门客，受左右轻视："左右以君贱之也，食以草具（蔬菜）。居有顷，倚柱弹其剑。歌曰：'长铗归来乎，食无鱼！'左右以告，孟尝君曰：'食之，比门下之客。'"

　　[十一] 谢四溟、卢次楩：指明代诗人谢榛、卢柟，二人交情深厚，为当时文人佳话。谢榛，字茂秦，号四溟山人，著有《四溟诗话》，明诗坛后七子之一；卢柟，明大名府浚县人，字次楩，一字子木，监生。家富，才高性狂，好使酒骂座。因负才忤逆当地知县，被诬下狱十年，问死罪。谢榛等人为其奔走京师诉冤，始获平反，传为佳话。卢终以积习难改，落魄而终。

（五〇）

　　吴兴[一]戴香帆[二]诗才隽上，兼工骈体，移寓畿南之芦台场[三]，西接津门，东邻少海[四]，尝题延秀亭以见意，云："海天晴雨皆宜画，烟水孤芦大有人。"又和予《秋柳》云："秋水孤帆栖极浦，远天残照下高城。"句外远神，正复不浅。

注：

［一］吴兴：指浙江湖州地区，现为湖州市吴兴区。

［二］戴香帆：待考。

［三］畿南之芦台场：天津宁河县芦台镇，产海盐。畿南，京城以南，天津位于北京之南。

［四］少海：指渤海，亦称幼海。《山海经·东山经》"南望幼海"晋郭璞注："即少海也。"《韩非子·外储说左上》："齐景公游少海。"《淮南子·坠形训》："东方曰大渚，曰少海。"高诱注："东方多水，故曰少海，亦泽名也。"唐骆宾王《秋日饯陆道士陈文林序》："加以山接太行，耸羊肠而飞盖。河通少海，疏马颊以开澜。"

（五一）

虎林葛砥斋[一]善谐谑，兼工小词，张镜湖偶置二姬，砥斋以诗调之，有句云："贯鱼原有序，射雉不嫌多。"落笔便无伧气[二]。尝著《玉坨日记》，高几逾尺，凡应接往来、风雷晴雨，及一切鄙琐之事，无不具备。又撰《留仙阁》《一串珠》《火里莲》诸小说，才情敏妙，不在李笠翁[三]之下。

注：

［一］葛砥斋：待考。

［二］伧气：指粗俗鄙贱。

［三］李笠翁：清初曲家李渔（1611—1680），字谪凡，号笠翁。

（五二）

集句起于王介甫[一]，后亦寥寥，近世朱竹垞[二]先生著《番锦词》，疑出鬼工，遂多效颦者。山阴戴上舍玉亭[三]有古今体，集唐数百首，嘱予评点，指事汇情，绝无补缀之痕，可称此道高手。然其自作便不见佳。曾记其《龄儿词六绝》云：

金络青骢白玉鞍（万楚），穰苴[四]门户惯登坛（薛逢）。闪然欲落还收得（刘言史），不见江湖行路难（杜甫）。

彩纛[五]高于百尺楼（王建），有遮拦处任钩留（鱼玄机）。风飘香袂空中舞（李白），百戏皆呈未放休（张籍）。

薄粉轻朱取次施（罗虬），形同秋后牡丹枝（关盼盼）[六]。忽然笑语半天上（刘禹锡），著尽工夫人未知（元稹）。

东风无力百花残（李商隐），粉落香肌汗未干（崔珏）。袅袅横枝高百尺（王建），等闲平地起波澜（刘禹锡）。

倚风如唱步虚词（韦庄），昼日飘扬出定时（李白）。倒挂纤腰学垂柳（刘言史），再三招手起来迟（王季友）。

荒阶行尽又重行（僧予），回雪从风暗有情（顾况）。舞胜柳枝腰更软（崔珏），世间何物比轻盈（郭震）。

描写绳技，曲尽其态。

注：

[一] 王介甫：王安石，字介甫。

[二] 朱竹垞：朱彝尊（1629—1709），字锡鬯，号竹垞，浙江秀水（今浙江嘉兴）人，清代文学家、学者、藏书家。

[三] 戴上舍玉亭：待考。

[四] 穰苴：田穰苴又称司马穰苴，春秋末期齐国人，生平事迹不详。

[五] 彩纛：纛，音 dào，用毛羽做的舞具或帝王车舆上的饰物。

[六] 关盼盼：唐代徐州妓，有诗名。

（五三）

吴百药[一]先生幼负伟略，尝往来塞外，屡著奇谊。辛未成进士，历官内阁侍读，后以病耳告休，总盐策于芦台[二]，与家君称莫逆交。有《桐华阁诗钞》八卷，其《老去》一绝云："老去翻怜意气孤，枉将甲子混泥涂。漫言长事袁丝[三]少，弟畜[四]何曾得灌夫[五]？"《再过蓟州》云："秋到山城朔气回，寥天大落雁声哀。先生老去营何事？如此风霜数往来。"慷慨激越，落纸有声。《闻同年丁镜出给谏没于中州[六]》云："老去念亲旧，知交已无几。乃当危病中，复报故人死。忆昨相别时，三年速弹指。方寄迟君书，良晤疑在迩。岂知惊耗传，惊魂生还起。前春悼汤公（萼南）[七]，昨秋哭周子（立崖）[八]。俱往犹在心，何图君又尔！淰淰[九]中岳云，汤汤大河水。西日不可追，东流讵能止。念之如循环，悲来不自救[十]。年迫桑榆间，那堪数闻此。"又《哭申笏山[十一]中丞》两起句云："老罢无多泪，何堪哭到君。亦知终到尽，身在不无悲。"所谓惊心动魄，一字千金，读之令人凄然，增友朋之重。近时作者罕有其匹。

注：

[一] 吴百药：吴肇元，字会照，号百药，大兴人，乾隆辛未年（1751）进士，改庶吉士，授编修，历官侍读，有《桐华书屋诗稿》。

[二] 芦台：今天津市宁河县境内。《清一统志·顺天府四》：芦台镇"即芦台军。元至元十九年立芦台盐使司。明亦设芦台场，置巡司。本朝初裁巡司，后复设"。清又于此设总兵驻防。芦台镇为芦盐汇萃之地。

[三] 袁丝：指袁盎，字丝，西汉大臣，楚国人，个性刚直、有才干。

[四] 弟畜：像弟弟一样爱护。西汉名将季布的弟弟季心为人仗义，因避祸逃到吴国，躲在吴国丞相袁丝家里，他像待兄长一样尊敬袁丝，又像待弟辈一样友爱灌夫等人。《史记·季布栾布列传》记：季心"尝杀人，亡之吴，从

袁丝匿。长事袁丝，弟畜灌夫、籍福之属。"

〔五〕灌夫：字仲孺，颍川人。西汉官员，以刚直勇猛著称。

〔六〕中州：河南的古城。

〔七〕汤公（尊南）：汤先甲，字尊南，江苏宜与人，乾隆辛未年（1751）进士，改庶吉士，授编修，官至内阁侍读学士。

〔八〕周子（立崖）：周于礼，字绥远，号立崖，云南嶍峨人，辛未年（1751）进士。

〔九〕淰淰：音 niǎn niǎn，散乱不定貌。杜甫《放船》诗："江市戎戎暗，山云淰淰寒。"仇兆鳌注引董斯张语曰："淰淰者，状云物散而不定。"

〔十〕籹：音 mǐ，意为平静。

〔十一〕申笏山：申甫，字及甫，号笏山，乾隆丙辰年（1736）举博学鸿词，历官副都御史。

（五四）

常熟钱公让山[一]任盐经历，令子隽选，予甲午同年，现尹陕西之郿县。县公好饮耽吟，每有所作，辄与谢默夫商榷，必稳而后示人。其《运河舟中》有句云："绿树一江残照里，白头划浆卖冰瓜"，较之王阮翁[二]"白头红树卖鲈鱼"尤觉清妙。

注：

〔一〕钱公让山：钱荫南，号让山，江苏太仓人，监生，乾隆间任长芦盐经历。其子隽选生平不详。

〔二〕王阮翁：见第十四条"王渔洋"，因其号阮亭，后世尊称阮翁。

（五五）

元和[一]沈公名光裕[二]，壬申孝廉，曾任石碑厅[三]，笃志绩学，旋卒于署。无子，少妻马孺人，抚枢归苏，藏书数千卷皆已零落，予犹购得《大复》《沧溟》二集[四]，悉心评注，丹墨如新，不愧风雅之士。衙斋坏壁上粘《津门秋兴》一律云："瀕海林亭日易沉，凭高望远辄惊心。河堤露白王孙草，城关风凄少女砧。庾信江关年事暮^[五]，仲宣词赋客愁深^[六]。飘零仍结天涯梦，每向尘劳忆汉阴。"声调凄婉，诵之令人寡欢。

注：

[一] 元和：今江苏苏州一带。

[二] 沈光裕：字礼门，江苏元和人，乾隆十七年（1752）举人，有《拂云书屋词》。

[三] 石碑厅：各地志未见记载，惟有"石碑场"一地，在今河北乐亭县，盛产盐，清代在此社盐官管理盐务。诗话中多处提及之长辈友人均与盐务有关，未知此处可确实，待考。

[四]《大复》《沧溟》二集：《大复》集，明代何景明著；《沧溟集》，明李攀龙著，二人为明代诗坛前七子和后七子之一。

[五] 庾信江关年事暮：庾信（513—581），字子山，小字兰成，南北朝时期文学家。年轻时为南朝"宫体诗"代表诗人，中年时期奉命出使西魏，期间母国梁为西魏所灭，庾信遂留居北方，后半生始终未能回归故国，其诗文风格发生较大转变。杜甫《咏怀古迹五首》其一有句："庾信平生最萧瑟，暮年诗赋动江关"，高度肯定其晚年遭遇家国巨变后之诗学成就。

[六] 仲宣词赋客愁深：仲宣，指东汉末年文人王璨，建安七子之一，作有《登楼赋》，抒写作者生逢乱世、长期客居他乡、怀才不遇而产生乡关之思和忧国之情，寄寓了希冀自己一展抱负以及国家和平统一之理想，对后世影响深远。

（五六）

海宁查二以名家子^[一]，幼即工吟咏，不屑仕进，为吴百药先生客，遂移居遵化州之平安城。与予未识面，然每向诸朋好处道予不置。曾记其赠张镜湖一律云："风雨旧曾经，扬帆过洞庭。

潇湘秋湛湛，岣嵝^[二]晓冥冥。囊贮骚人赋，胸怀帝子灵。长沙迁客尽，双眼为谁青。"兀傲之气，溢于言表。百药题予《伫月图》七古即出其手，清转明丽，大似初唐风格。

注：

[一] 名家子：名门子弟。查二其人待考。

[二] 岣嵝：音 gǒu lǒu，指衡山，位于湖南省衡阳市北。岣嵝本为衡山七十二峰之一，为衡山主峰，故衡山又名岣嵝山。

（五七）

唐代诗人多出秦、晋、梁、宋间，靖康后风气遂自北而南。予原籍山西，都门所晤乡人，鲜讲韵语者。庚子春与阳曲折霱山^[一]前辈同寓北极庵，以全集嘱编订，妥帖排纂，卓然可传，《莲洋集》^[二]外，鲜有其敌。旋补令粤东，与彭大南池同为孙补山^[三]先生所推重。曾记其《信阳州题壁》下半律云："云气连天来北岳，秋声一夜满中州。可怜桐柏山前月，犹照西风鹳鹊楼。"音响沉雄，不亚李北地^[四]"黄河水绕汉宫墙"之作。慰予《下第》句云："骐骥有时蹶，云霄空后高。"丙午、丁未^[五]间，闻其卒于粤署，未识遗诗，能不零落否？

注：

[一] 折霱山：折遇兰，字佩湘，号霱山，山西阳曲县人，清诗人、书法家，乾隆二十五年（1760）进士，曾任甘肃正宁知县等职。

[二]《莲洋集》：清诗人吴雯（1644—1704）撰。雯字天章，本籍辽阳，家于山西蒲州。为王士禛门人，负诗名。

[三] 彭大南池、孙补山：见第十七条彭骘、孙士毅。

[四] 李北地：明诗人李梦阳，文中诗出自其《秋望》。

[五] 丙午、丁未：丙午，乾隆五十一年（1786），丁未见第三十三条。

（五八）

辛丑会闱[一]之二场，一同号生英姿磊落、议论风发，历诵其近体诗，自为击节，琅琅可听。中有"落木关河图恨赋，秋风天地入商声"之句，予急起款[二]之，始知为凤台[三]苗公，名令琼[四]，以乙酉[五]选贡，中戊子副车，辛卯魁于乡，曾执经[六]沈宗伯[七]之门，故诗特有原委，旋挑入二等，补授宁乡[八]训导，青毡半幅，天每设此以为诗人歇脚之所，可叹亦复可笑。

注：

[一] 会闱：会试考试。

[二] 款：殷切，勤恳，另有"招待"之一，此处指打招呼。

[三] 凤台：今属山西晋城。

[四] 苗令琼：字季黄，号雪岩，山西凤台人。乾隆辛卯年（1771）举人，官宁乡教谕。有《瓮天》《一瓢山房》《津门》等集。

[五] 乙酉：乾隆三十年（1765）。下文"戊子""辛卯"分别见前第十五条、第六条。

[六] 执经：手持经书，谓从师受业。

[七] 沈宗伯：沈德潜（1673—1769），字确士，号归愚，江苏苏州府长洲（今江苏苏州）人。乾隆四年（1739）进士，官至礼部尚书，因称"大宗伯"。

[八] 宁乡：今湖南长沙下辖市。

（五九）

阳城[一]郭梅崖[二]性洪饮，喜作五七字近体诗。尹乐亭日，曾游石臼坨，坨故在大海中，绿洋间之。梅崖得句云："观于海者难为水，自有天来便此山。"拍手狂呼，把杯叫绝。张镜湖讥其裁对欠工，然平心论之，亦不失为好句，第嫌内竟，殊少含蓄耳。予次之云："空外蜃嘘[三]能作市，沙头蚝起尽成山。"又云：

"惊沙到此都成垤，积水河期更有山。"梅崖阅之，哑然曰："君何逼人太甚耶！"

注：

[一] 阳城：今属山西晋城。

[二] 郭梅崖：郭兆麒，字麟伍，号梅崖，山西怀古里（今山西阳城）人，世称"梅崖先生"。

[三] 蜃嘘：蜃，传说中的海怪。嘘，呼气，吐气。本句意为海怪呼气形成幻境。

<h2 style="text-align:center">（六〇）</h2>

屈征君悔翁[一]，甘肃宁夏人，丙辰举鸿博[二]不遇，去游吴越，世皆呼为小屈，盖以别于翁山处士[三]也。著有《弱水集》，寄意高远。张镜湖诵其《燕后》半律云："深闺香炷[四]帘垂地，小院人稀日照梁。梦里莫寻王谢宅，汉家何处觅昭阳。"戴香帆亦诵其《潼关》五律云："雄关截云起，得得此间行。果扼中原险，空怜四塞平。日华含岳色，风势壮河声。毕世无征战，谯楼角自鸣。"治、熙[五]诸老后，巍然成一大家。

注：

[一] 屈复（1668—1745），初名北雄，后改复，字见心，号晦翁（文中"悔翁"当为误写），晚号逋翁、金粟老人，世称"关西夫子"。著有《弱水集》等。征君，征士的尊称，指不接受朝廷征聘的隐士。

[二] 鸿博：即博学鸿词科，科举考试制科之一种，唐开元年间始设，称"博学鸿词"，以考拔能文之士，所试为诗、赋、论、经、史等，不限制秀才举人资格，凡经督抚推荐的，均可进京应试，通过后即可任官。

[三] 翁山处士：屈大均（1630—1696），字翁山、介子，号菜圃，广东番禺人。明末清初著名学者、诗人，与陈恭尹、梁佩兰并称"岭南三大家"，曾

进行反清活动。后避祸为僧，中年仍改儒服。著有《翁山诗外》《翁山文外》《翁山易外》等。

〔四〕炧：音 xiè，残烛。

〔五〕治、熙：指顺治、康熙两朝。

（六一）

德州卢雅南[一]先生，长不满三尺，而胸中笔下皆兼人之才，转运两淮，日修禊红桥[二]以继阮翁[三]之盛。尝手选《山左诗钞》，刻《感旧集》诸书，宏奖风流，四十年来所罕睹。而吏事精察，每莅任辄传循卓声。曾以薄谴配新疆，有句云："三年便许朝金阙，万里何辞出玉门。"后果赐还。较之纪晓岚先生"相逢不用通名姓，出塞词臣自古无"便觉和厚几许。

注：

〔一〕卢雅南：雅南当为"雅雨"误。卢见曾（1690—1768），字澹园，号雅雨，又号道悦子，山东德州人。康熙六十年（1721）进士，曾任云南永平知府。历官洪雅知县、滦州知州、长芦、两淮盐运使，有《山左诗钞》《感旧集》《雅雨堂诗文集》等。

〔二〕修禊红桥：修禊，古代民间于春秋两季在水边举行的一种祭礼，亦用于文人之间的集会，如兰亭修禊。红桥，位于今扬州瘦西湖。

〔三〕阮翁：指清初诗人王世禛。王任扬州推官时曾与诸名士于红桥修禊，传为文坛佳话。

（六二）

京江王梦楼[一]先生以庚辰名探花入词林，大考[二]第一，晋侍读。出守临安[三]，为属吏所累，部议降调。其赴省日过晋宁，独游段氏竹园，主人出纸索书，先生即题云："晋宁南郭外，修竹自成林。风过戛鸣玉，似闻流水琴。绿天寒欲滴，白昼淡生阴。

而我栖栖者，于兹清道心。"一气呵成，自然高妙。时予年甫十四，亦和云："既然居修竹，合让子猷[四]看。地迥烟痕密，天低月影寒。况闻减骑从，相对倚檀虆[五]。啸罢归来晚，神移第几竿。"盖先生咏竹，予则咏咏竹者，虽少作，似不草草，故记之。

注：

[一] 王梦楼：即王文治，见第六条注。

[二] 大考：清代吏部之铨选制。即通过考试对翰林院、詹事府官员进行考核以定升降之方法。据《清续文献通考·选举·考课》记，大考始于乾隆年间，凡翰林院侍读学士以下至编修、检讨，詹事府少詹事以下至中允、赞善，每十年左右由皇帝特旨考试，结果分四等：一等者予以超级提升，二等者酌量升阶或应升时题奏，三等者分别留任、降调、罚俸，四等者降调、罚俸、休致。不入等者革职。

[三] 临安：今云南建水。

[四] 子猷：东晋名士王徽之，字子猷，性爱竹，寄居处也要种竹。后世常用"子猷竹""子猷风调"作为咏竹典故，借以表现情怀高雅脱俗。《世说新语·任诞》："王子猷尝寄人空宅住，便令种竹。或问：'暂住何烦尔？'王啸咏良久，直指竹曰：'何可一日无此君？'"

[五] 虆：音 luán，凫葵，即莼菜。

（六三）

陈翼叔[一]，名佐才，不知何许人，为胜国[二]时桂王由榔[三]将。孙可望[四]入滇，虽以恢复为名，而贼性未悛，挟主请封，肆行杀戮，翼叔心伤之，游遁去，隐于阳瓜[五]。乱定后改道士装，手制一石椁，椁成适谢世。著有《天叫集》《宁瘦居》《是何庵》等草，其《题关帝宫》云："汉家无寸土，关帝庙长存。试问何功德，杀戮为天尊。曹瞒亦杀戮，至今鬼犹哭。"《乐府》云："龙死有小龙，凤死有小凤。"《茶花》云："染红一块地，遮黑半边天。"论其诗可知其遇。至其《送远曲》云:"临欲别时不及问,可过云遮那座山。"又有五言云:"斜月低于树,远山高过天。"一种清妙之致,前后若出两手,俗传不识字而能诗,恐未必尔。

注:

[一] 陈翼叔:陈佐才,字翼叔,云南蒙化人,明末清初遗民诗人。原为黔国公沐天波麾下武人,明亡后隐居乡里,壮岁始学诗。生前凿一石棺,死后入棺中,意为不入清朝之土。

[二] 胜国:清朝对明朝的称呼。胜国指被灭亡的国家,后因以指前朝。

[三] 桂王由榔:朱由榔(1623—1662),即永历帝,南明最后一帝。明亡后在肇庆称监国,隆武帝朱聿键被杀后,宣布即皇帝位,改年号为永历,倚仗大西军余部李定国、孙可望部在西南一隅抵抗清朝。清军攻入云南后,朱由榔逃至缅甸,后吴三桂攻入缅甸,缅王将其献出,在昆明被绞死,南明亡。

[四] 孙可望(1602—1660),明末农民起义军领袖张献忠义子,大西政权主要将领、南明永历朝权臣,后降清。

[五] 阳瓜:今巍山县内阳瓜江边。

(六四)

松溪彭公[一]讳印古,竹林[二]族大王父[三]也。幼负材,兵燹[四]中偶获一丽质,盖乐昌、红拂[五]者流,惧人物色之,键户相守,遂抱相如疾[六],未四十而终。著有《松溪集》,多挺拔语。尝记其一绝云:"一林烟树里,隐隐两三家。怕有人寻问,溪边不种花。"愈浅愈真,宛然唐人声口。

注:

[一] 松溪彭公:彭印古,字心符,号栖霞,云南蒙化人,诸生。

[二] 竹林:指上文提及之蒙化诗人彭耋,号竹林。

[三] 大王父:祖父。

[四] 兵燹：燹，音 xiǎn，火、野火之意，多指兵火。兵燹意为因战乱而造成的焚烧破坏等灾害。始见于宋·张存《重刊埤雅序》："历世既久，悉毁于兵燹；间有遗编，多为世俗秘而藏之。"

[五] 乐昌、红拂：指乐昌公主和红拂女。乐昌公主，陈宣帝之女，南朝后主陈叔宝之妹，貌美有才，孟棨《本事诗》言其"才色冠绝"。红拂为陈、隋时期传奇女侠，隋朝杨素之歌姬，后为唐卫国公李靖之妻，事迹见于唐传奇《虬髯客传》。

[六] 相如疾：指消渴症。《史记·司马相如列传》记司马相如"常有消渴疾"，后以疾辞官。后世亦以"相如疾"喻无心做官。

<h1 style="text-align:center">（六五）</h1>

本朝来，吾郡诗学首蒙化，盖有退庵先生[一]父子提倡其间，遂多可观者。退庵尤工书画，九十余能于灯下作蝇头楷。喜写松鹤，飘飘有仙气，山水亦到四大家妙处，著《抚松吟》。其司谕[二]浪穹日，曾题潜龙庵[三]云："黄屋青山并渺茫，独留云迹小云堂。沉沦衮冕悲皇祖，寂寞袈裟老梵王。灯火半龛悬午夜，忠魂一碣卧斜阳（旁有希贤、应能墓）。死生不尽君臣泪，添得弥茨[四]水更长。"怀古诗可谓及格，高出许浑、刘沧[五]远甚。

注：

[一] 退庵先生：张端亮，字寅揆，号退庵，蒙化人，康熙己酉年（1669）举人，历官浪穹（今云南洱源县）教谕、石屏学正、潍县知县。父张锦蕴，字允怀，康熙间岁贡生，官景东府教授。

[二] 司谕：从事教谕一职。张端亮曾为浪穹教谕。

[三] 潜龙庵：在今大理洱源县境内，位于城东北赤壁山下，相传明永乐年间，自京城出逃的建文帝偕杨应能、叶希贤、程济至浪穹，结庵于此。后应能、希贤先后卒，葬庵旁，为二忠墓。

[四] 弥茨：洱源县弥茨河。

［五］许浑、刘沧：晚唐诗人。许浑，字用晦（一作仲晦），润州丹阳（今江苏丹阳）人；刘沧，字蕴灵，汶阳（今山东肥城）人，生卒年不详。

（六六）

张景园[一]孝廉，退庵先生从孙，诗书俱有祖风。尝渡黄河，有句云："九万里奔东海阔，一千年为圣人清。"与竹林"乾坤惟此水，江汉尽支流"，分道扬镳，各极其致。

注：

［一］张景园：张辰照，字明宇，号景园，云南蒙化人，张端亮堂孙，乾隆庚子年（1780）举人，官定远县教谕，著有《缘筠书屋诗文集》六卷。

（六七）

吾乡张鹤亭[一]幼年即能诗，丹山、圣峰、苇塘皆与之善。予终未识面，尝和杨一川[二]《书生八咏》云："天下让君先放出，名山埋我不妨穷。"《舌》云："帐下谈兵惊客咏，军中嚼血动猿啼。"栗亭极赏之。

注：

［一］［二］张鹤亭、杨一川，赵州各版地志未见载，生平不详。丹山、圣峰诸人见前文注。

（六八）

竹林《己酉秋阳江怀人》云："师丹[一]归去纱为帐，张祜[二]狂来酒满尊。"与予作对，其人想当不俗。

注：

[一] 师丹：字仲公，西汉大臣，琅琊东武（今山东诸城）人。为外戚诬陷，免官，废归乡里。平帝即位，王莽秉政，封义阳侯。

[二] 张祜：晚唐诗人，性情孤傲，狂妄清高，因此仕途不得意。

（六九）

优人得发[一]，周姓，武进籍，三十年都中名旦，《燕兰小谱》[二]评其为昆班之最，予犹及见之。香帆尝诵今宫坊刘存厚先生《斜桥》一绝云："去年花底送吴舠，绿满春淮水半高。行到斜桥重回首，春风一树野樱桃。"情境两妙，盖即为此优而作者。

注：

[一] 优人得发：《燕兰小谱》卷四"得发儿"条记载：姓周氏，字定珠，江苏武进人，昆旦中之翘楚，生平不详。

[二] 《燕兰小谱》：清吴长元（署名安乐山樵）著，记乾隆后期京师男旦生平逸事及相关题咏。

（七○）

安州[一]陈枭使[二]，诗才雄杰，尤工七言古，予曾见其《东门行》《骊山温泉》诸作，沉郁处不减遗山[三]、道园[四]。丁亥寓长芦运使陈潭屿先生署，时有起复[五]之意。其《闰七夕》句云："绿宫再去添针线，乌鹊重来费羽毛。"较之赵秋谷[六]"未必天孙[七]出再渡，世间儿女漫相猜"同床各梦，互极其趣。

注：

[一] 安州：今河北保定安新县内。

[二] 陈枭使：待考。

[三] 遗山：元好问，号遗山，世称遗山先生。

［四］道园：虞集（1272—1348），字伯生，号道园。

［五］起复：本指官员守孝期间被朝廷破例启用，明清后指服孝期满复出做官。

［六］赵秋谷：清诗人赵执信（1662—1744），字伸符，号秋谷。

［七］天孙：织女星。

《味灯诗话》笺注前言

董雪莲

　　《味灯诗话》作者王宝书，云南昆明人，光绪二年（1876）进士，光绪六年（1880）曾官四川叙州府雷波通判、候补同知等职。从现有资料可知，王宝书有着良好的家学渊源，其父王景昌，为咸丰元年（1851）举人，次年会试不第后遂绝意进取，"于经、史、子、集诸家杂说无不博览，尤工制艺"，著有《红叶山馆诗文集》，惜未传。王宝书自幼才学过人，"少负异才，知名最早，落笔千言立就"①。据《（民国）新纂云南通志》记载，他生平著述丰厚，"诗文集外，考核、纂辑多至数十种，均藏于家，今所传者，仅《苍文遗诗》《味灯诗话》《投荒孤噫》数种。"②经查，方志中所录《投荒孤噫》等书现已不见，目前存世的唯有《味灯诗话》二卷和《王仓文诗选》一卷。《王仓文诗选》由李坤③从《仓文诗稿》十余卷中选出尤佳者，裒为一卷，现藏云南

---

　　① 龙云修，周中岳、赵式铭纂：《（民国）新纂云南通志》卷二百三十二 "文苑传一"，《中国地方志集成·云南省志辑》本第7辑，凤凰出版社2009年版。

　　② 《（民国）新纂云南通志》卷二百三十二 "文苑传一"。

　　③ 李坤：（1866—1916），字厚盦，一字栻生，号雪道人，昆明人，光绪二十九年（1903）进士，晚清、近代云南知名学者。

省图书馆。集中有诗二百余首，内容涵盖赠友酬答、感时伤世、咏物抒怀、羁旅漂泊、民生疾苦等，题材广阔，多角度地展现了王宝书个人经历与心态，与《味灯诗话》参照阅读，大略可见其人生平志趣、抱负与诗歌审美倾向及风格。他出生于王朝末世，时代风雨飘摇，士大夫生存境遇艰难，因此虽然高中进士，但在动荡的年代他始终有志难伸，诗中多有怀才不遇的感触及忧国忧民之情。

在《味灯诗话》中，作者多是通过记录朋友间的诗文交往来留存诗歌，更多是一些逸闻趣事，来源于雅集、筵席、迎来送往之中；或以戏谑或以深情的口吻，表达自身及朋友在现实中怀才不遇的愤懑，很少议论时政，涉及社会民生的也不多，加之他在诗话中标榜自己服膺袁枚性灵诗学，或许会给读者造成一种印象，其诗歌是否打着性灵的标签抒写一些无病呻吟、放浪形骸的情绪，但实际并非如此。从《王仓文诗选》涉及的内容看，他与朋友们在一起谈论最多的还是时政。"他乡流寓同为客，孤馆挑灯各话愁。尚有忧时好怀抱，酒酣含笑看吴钩。"① 王宝书所处的时代，外有西方列强环伺侵辱，内有太平天国运动、义和团起义等战乱，其家乡云南，更是掀起了几乎席卷云南全境长达十八年的回民暴乱，战火摧残下的云南几乎成为一片焦土。他称自己笔下写就的诗歌是"江南庾信赋，天宝少陵诗"②。将其比为在家国动荡中的庾信与杜甫呕心沥血之作，可见其心之忧患悲苦。在王宝书的诗集里，能看到他对国家命运和民生疾苦的深切关怀，"枕戈无好梦，弹剑起秋声。劫火飞灰急，沧桑故土更。西风满眼泪，何处哭苍生。"③ "河山易堕忧时泪，花草空牵故国愁。"④ 他深切关

---

① （清）王宝书：《赠葛子鉴参军》，《王仓文诗选》，民国抄本，云南省图书馆馆藏版，第19页。

② （清）王宝书：《书感寄聂紫庭（回乱中作）》，《王仓文诗选》，第73页。

③ （清）王宝书：《悲愤》，《王仓文诗选》，第70页。

④ （清）王宝书：《得故园书家叔以和章至仍叠寄怀》，《王仓文诗选》，第200页。

注民生，写有《粥厂谣》《志变》《月夜》《悼饥》《困围城百余日矣诗以排闷》《书感寄聂紫庭（回乱中作）》等诗，对烽烟四起的局势和苦难深重的百姓怀有深切忧虑："南来烽火迷烟尘，白骨青磷惨不春。羞为幕府谈兵客，赢得天涯落魄身。"① 当然，他也并非只会软弱哀叹、流泪的书生，根据他的诗歌《将赴澄江军营先以诗寄岑楚卿观察》《采云关军次》《军中晤张隽卿大令时方转饷戏调以诗》《军中二首》等可知他也曾投笔从戎，满腔热血地希望一酬报国之志，可惜现实中依然没有施展抱负的机会，"野外烽烟急，樽前涕泪长。壮怀谁与试，蒲剑冷池塘。"② "鼓角秋声老，烽烟战垒高。浮生一何恨，肝胆负吾曹。③ 面对满目疮痍的国土和民生，他唯有用饱蘸血泪之笔，在无数次借酒浇愁之后挥洒满腹的压抑与悲愤。王宝书在《刘少寅为题拙集次韵奉谢一首》中言及友人刘少寅等评其诗有剑南风调，可见，在世人眼中，王宝书如同终生心怀报国之志的陆游，一生热血未冷，却在现实面前无可奈何。

就诗学倾向而言，王宝书是明显追随性灵派的，赵藩在《仓文诗序》中指出了这一点："君学无所不窥，为诗主性灵，于近代诸家惟嗜袁简斋、赵瓯北、张船山。所作诗话，宗尚去取，亦以随园为近。或虑未足厌嗜古之心，且滋好议论者以口实。以摘句评赏为主，手眼确似随园诗话。"王宝书在《味灯诗话》中亦直言不讳地表达了自己对袁枚性灵诗学的尊崇："余喜性灵，尝戏呼余为随园大弟子。"在书中他也不止一次强调了这样的观点："诗本性情，如此庶不失风人之旨也。"④ 根据王宝书的记述，他

---

① （清）王宝书：《李健庵招饮醉后放歌》，《王仓文诗选》，第 189 页。

② （清）王宝书：《闰五日书感》，《王仓文诗选》，第 66 页。

③ （清）王宝书：《秋来抱病偶得"忧国心俱病"句，杨玉溪广文以"思乡梦亦劳"句对之，卒成一章》，《王仓文诗选》，第 49 页。

④ 见《味灯诗话》下卷，第四十九条。

也属于性情疏狂之人，"微名不幸以狂称"①"问客何能狂过我"②
等自剖屡屡见诸篇章，这种疏狂的性情在其诗歌创作中有鲜明的
体现，"礼法何能拘我辈，哀歌从古属吾家"③"天生一种疏狂兴，
爱听呜呜拊缶歌。"④可知他生活中不爱受礼法拘束，作诗亦惟任
性情，"梦里家山烽火急，客中杯酒性情真"⑤"怀抱嵚崎意气
真"。在王宝书看来，能抒发真情实感的诗句即为佳诗，他认为，
"好诗都自有情来"⑥。当然，上文已论及，王宝书作诗以性灵为
宗，但这种纯任性灵的倾向绝非世俗以为的单指不受约束的人之
天性，以及放浪形骸、不拘礼法的个性张扬，而是灌注了儒家社
会责任和理想精神的品性，表现为一种疾恶如仇、爱憎分明、不
与世俗同流合污的心性志节，这在其诗歌创作中可以看到。当
然，这与他所处的时代是息息相关的。

　　《味灯诗话》具体创作时间不详，从文中提到的一些事件和
人物来看，应写于王宝书四川仕宦的后期，其中可以看到作者的
诗学思想已非常成熟，诗格苍老，对于自己的人生以及创作实践
有丰富的心得和总结。王宝书虽然名位不显，但该书的留存具有
一定的价值，他记录了自己求学、科考、为官时期大江南北诸多
师友的逸事趣闻和诗坛佳话，所涉人物不仅有滇籍、游宦的学
者、诗人，还有为官蜀中的诸多朋友，摘录了他们的精彩诗句，
有些有评点，有些仅仅只作为记录而留念。我们从中看到的不仅
是他个人的诗学观点的零星表达，交游酬答的情况，同时还能从

　　① （清）王宝书：《彭韵谷索旧稿为点定昕夕过从即志清兴》，《王仓文诗选》，第75页。
　　② （清）王宝书：《王公亮大吏席上索赠为赋四律》其二，《王仓文诗选》，第62页。
　　③ （清）王宝书：《王公亮大吏席上索赠为赋四律》其三。
　　④ （清）王宝书：《答客得杂诗》其一，《王仓文诗选》，第95页。
　　⑤ （清）王宝书：《简楠屏孝廉以阆中寄怀诗见示依韵奉答即送之北上春官之行》，《王仓文诗选》，第114页。
　　⑥ （清）王宝书：《题王公亮〈蔓云小草〉》，《王仓文诗选》，第89页。

中了解到他所处时代很多士子、官吏的面貌，尤为重要的是有些人的作品已失传，但其人其诗在王宝书的记录中得以保存下来。因此，其诗话虽然影响不大，但具有多方面的价值。

一　文学观点方面的价值

（一）充分重视和肯定女子的才学

在《味灯诗话》中，王宝书记录了多位能诗善文的女性，如自己的亡妹美云、仲妹靓云，同乡的韵芝女史、幻香女史，皖江女史金韵霞，蜀中名妓白小芳，湖南女诗人谭凌氏，等等。这些女子或精音律，或娴吟咏，王宝书对她们的才华赞赏有加，丝毫没有男尊女卑、"女子无才便是德"的陈腐观念，而是觉得女子兰心蕙质，诗作常别有灵气和韵味："尝谓诗至闺门中，便泠然别具一种风味，虽气格差减，而慧语灵机，总非寻常胸次所有，或亦天地灵淑之气偏于所钟耶？余尝有句云：'不无妙解村夫语，别有灵心女子诗'。"[1] 他将自己耳闻目睹的这些女子作品记录下来，使她们为世人所知。

如诗话中记录的湖南农家女谭兴凤，著有《清湘楼诗钞》，现已不传，王宝书在诗话中摘录了其部分诗句，并给予了高度赞扬，使其诗歌得以流传并受到注意。其妹美云、靓云以及同里的幻香等闺中女儿，在相关的文学文献中不见任何记载，但作者记录了她们天机发籁之时偶得的佳句或惊人之语，让人看到了闺中女子在特殊的时代环境下被遮蔽的天赋与才情。如他写自己的仲妹靓云通诗书，茶余饭后常有佳句，令他常常感叹，即便自己为之"亦不过如此"；亡妹美云幼时尝画一纸，对之吟出"黄昏三寸月，白露一分花"的好句，可惜年甫九龄就夭折，令人叹惋。

---

① 见《味灯诗话》上卷，第十四条。

另有同里幻香、韵芝等女子，作诗"风神独到，不可多得"①。这些兼具兰心蕙质、禀赋才华的女子，在史料中湮灭的，不知凡几。而她们的零章片句，得以这样的形式保存，又何其幸焉。

（二）表达了一些颇有见地和价值的诗学观点

除服膺性灵诗学外，王宝书在《味灯诗话》摘句评赏之余，论诗律诗法每有心得之语，表达了一些颇有见地的观点。如关于律诗创作，他提出了以下观点：

> 医家有急脉缓受之法，余则谓，作律诗必于缓中见急，若绝句必不可缓，而又必于急中见缓，至末句尤不可平，末句佳则通首皆振矣。

> 律诗最争起结，中间情景相生，自足动目，若一起便平，虽有佳句，亦不出色；一结无力，则通首散漫无着。故起不可占实，须善于留，恐说尽也；不可蹈空，须善于蓄，恐滑过也；结语或推开或返深或插入，奇波余趣，总以束得住全势为佳。

他认为，律诗的起笔和结尾都很重要，起笔不凡，则有先声夺人之效，结句需有气势，才能避免虎头蛇尾。诗歌节奏应缓中见急，有张有弛方为上，绝句则需紧凑、流畅，一气呵成，且末句的收势对于整体非常重要。这些都是很有见地的观点。

关于押韵，王宝书也有自己的看法：

---

① 以上见《味灯诗话》上卷，第十五、十六、十七条。

兵家云："实者虚之，虚者实之。"押韵之法，何独不然！余尝谓情景逼真而语句未足动人者，不能选韵之故也。大抵虚韵宜实押，实韵宜虚押，生韵宜熟押，熟韵宜生押，正韵宜反押，反韵宜正押，庶几耳目一新，音节更入妙矣。

他认为，诗歌的声韵之美很重要，选韵不好，即便情景逼真也会影响作品的感染力。声韵之美本就是诗歌美的一个重要因素，但他所言及的虚韵实押、实韵虚押等过于空泛，有些不得要领。

另外，王宝书对于律诗中的对句也很是重视，他在诗话中直接表达过这样的观点："诗中对句必须铢两悉称，不可偏重，偏轻即尹文端公所谓'差半个字'之说也。"他又指出其堂叔紫卿有云："偶句等联姻，可谓罕譬而喻矣。"看得出他认同此类观点，对作诗法度还是比较重视、守规矩的。这看似与性灵诗学有悖，实则不然，性灵诗学主张写诗独抒性灵，主要是强调抒发真情实感，反对复古模拟和门户之见，并非排斥诗歌应有的规范和法度。

除了重视形式，王宝书还很重视诗歌的立意和内涵，其云："咏物诗虽小道，总要用意不凡，别有襟抱，若徒事工稳，已落二乘，极意为之，不过崔鸳鸯、谢蝴蝶而已。"他认为，诗歌要上乘，创作主体的襟抱很重要，如果缺乏这一点，那么写得再好都不能算佳品。这无疑是真知灼见。他为此举了于谦和云南诗人的例子：

明于忠肃咏石灰云："粉骨碎身都不惜，只留清白在人间"，是何等胸臆！近人画角描头，不值一顾。

已故大姚拔贡周镛，字东序，有《咏炭》诗云："为悯苍生寒冻事，不辞锻炼出深山。"其抱负固自不凡。

由此可见，他推崇格律情景俱佳、清隽有味之诗，对气格浑成、情景独到之语尤加赞赏。他所论及的这些要点，对于诗歌而言，确实是重要因素。

另外，王宝书还有些观点也值得注意，如他认为："咏史诗必须自出新意，豁人意表方有味。"他欣赏"皆戛戛独造，不输作者""戛戛独造，不屑为庸近语"的创新精神。值得注意的是，王宝书虽然强调创新，却并非一味求新求奇，提倡剑走偏锋，他举了一个例子："'公子头生红缕肉，将军铁杖白莲肤'，宋人咏猪肉包子诗也，语太奇诡，反失真意，不可为训。"有这样清醒、理性的认识，诗歌的求新才不会走上歧路。

总体而言，王宝书倾向于"沉厚有味，可传可诵""气格浑成，情景独到""忠厚蕴蓄，得风人之旨"以及"清真有致""寄托遥深，风情蕴藉"的诗歌品质。可以看到，他不仅重视诗歌的形式，也重视诗歌的内涵、现实关怀的功能以及创作主体的人格和胸襟，同时对于诗歌独特的审美意蕴也有着极高的追求。这样的诗歌理念与其创作实践是高度呼应的，他的诗歌也体现出了这些特点。他虽然一生不遇，但创作没有局限于个人的穷愁与不平，而是始终将自己的目光投射于风雨飘摇的时代，写出了那个时代的悲歌，也勾勒了无数动荡中士子风貌与心态，具有厚重的内涵与价值。

二 以诗存人的史料价值

《味灯诗话》中记录了不少能文工诗、当时颇有文名的诗人，其中相当一部分诗集已散佚，方志等相关文献亦无记载，但借《味灯诗话》得以留名。"今君诗话中，自道光以来，秋坟谷鬼，断句零章，籍留姓字，尚得合数十人。"① 书中所论多为滇籍或游宦于滇之士，兼及其戚属，涉及人数众多。如威楚（今云南楚雄）洪熙元，字亦山，《味灯诗话》中记其有《汉南集》《囊香集》《马肿集》等诗集，并摘录其中不少佳句，从中可看到此人过人的才华，可惜并未见方志等相关文献记载；诗话中数次提到的刘畯，是王宝书的至交，著述丰富，才华过人，但云南大姚各版县志均无记载，王宝书在诗话中摘录了不少刘畯的诗句，对其诗才激赏不已。蒙化（今云南巍山）孝廉张心田有《书子陵传后》全诗，王宝书认为，此诗"独创奇论，可谓独具只眼"，将其全文录入，但张心田其集已失传。威楚谢宝臣，诗才清丽，人亦洒然有致，稿中佳句美不胜收，却未见记载，生平不详，王宝书录入了他不少诗。另外李健莽孝廉，客蜀中，有《漱芳轩诗稿》，未传；王景宽，诗集未见流传；彭韵谷诗"风格既高，音节亦远"，其人其诗均未见记载；其他如威楚擅画竹石的谢英；另有"识解超旷，不落庸近"的葛子鉴；诸如此类，不一而足。这些人因功名未就，一生落魄，因此被史志忽略和遗忘，甚为可惜，《味灯诗话》予以记载，才得以让其人其诗流传。王宝书慨叹诸如此类的诗人"诗多信口随意之作，遗稿不能付梓，族侄某携以示余，为摘数四于此，以存其人"。可见他也有着以诗存人、以诗存史的深刻意识，这也正是其诗话的价值之一。

三 展现了特定时代背景下的士人群体风貌与心态

《味灯诗话》记录了不少名士诗人。他们面目各异，有着强烈的个性色彩，如王功亮"诗襟豪迈，不屑一作嘤呢语"；大兴俞耀以性情疏狂称，"豪情狂态不可一世"；大姚刘畯，幼负神童

---

① 赵藩：《〈味灯诗话〉序》，味灯诗话卷首。

之目，乡间以狂生目之，作诗往往能独抒意旨意，使人耳目俱新；剑川杨必兴，诗皆清新可诵，却随得随焚，年三十余卒，"亦奇人也"；呈贡孙清元，诗才清丽，不肯作汗漫语；南昌名诸生杨恒庆，避难来官于蜀，狂放不羁，当道多嫉之，工诗而不存稿；山阴冯炳勋游幕滇中，以贫困卒；建水曾彬年少翩翩，兴会标举；洪亦山明经入都途中被劫，诗集散佚，此为一厄，后竟在来省乡试途中，失足坠井死，士林惜之；杨春麓为人浅率，性嗜饮，醉后每迕触人；聂紫庭诗不甚工，但虚怀雅度，蔼然可亲；威楚谢英，老而不遇，纵情诗酒，晚年贫甚，卒于昆明，遗稿不能付梓；等等。

与王宝书交往的这些人，多是现实中坎坷不遇的，他们中不少人一生仕途偃蹇，落魄清贫，但大都能坚守本心，不随波逐流，保留了文人的风骨与气节，可敬可叹。王宝书作为与他们惺惺相惜的朋友，也有着近似的品性与节操。这样一群士人，是晚清国步艰难的社会士人生存境遇的一面镜子。他们很多潦倒苦闷，没有施展抱负的空间，在他们身上已看不到盛世王朝意气风发、热血高歌的风貌，而可见的多是隐晦压抑的环境下借酒浇愁、放浪形骸下的痛苦的疏解。这也是晚清士林风貌的清晰映射。

由于刊刻时笔误或是记录有差，《味灯诗话》中有些人名有误写情况，在查找文献中带来困难，部分文人无法考证，不免留下遗憾。如威楚洪明经熙元，字玉山，有时写作"亦山"。卷上第七十四条成都李鸿裔梅生（实为眉生），蜀进士，宦于滇；卷下第五十七条"张惺阶启辰"，"惺阶"当为"星阶"；卷下第五十五条"滇盐使沈朗珊先生寿榕"中"朗珊"当为"朗山"；卷下第五十八条及第七十二条之桑春荣，字柏侪，文中写作"百侪"；第七十二条杨文斌之母，女诗人"伍氏"被误写为"何氏";第七十四条"稚虹名文彬"中文彬,当为"文斌"之误,等等。都是通过对比不同文献、史料发现的,因此,不排除文中未考证出来的诗人或者也有写错的情况。如娄东王敫,字秋亭,诗笔清新,曾以《绮云阁诗集》见示王宝书,其人无考,诗话中多次提到的彭松龄韵谷,作者对其才华甚为激赏,多处征录其佳句,但其人字号、别集均未见记载,亦不知是否写错。种种情况一时尚难得其究竟,唯有待他日发现新的文献或材料再加以增补。

在王宝书的诗话中,还多处体现出他对自身才华的充分自信,甚至是自负,这也侧面表达了自身满腹才华却不遇的失落与不平。这些心态主要通过记录朋友对自己的欣赏时有流露,如记友人俞耀与自己临别之时,"诵张船山'因君不敢薄今人'之句,再四珍重而去。"他最好的朋友刘畯,"目空千古,生平最服有明之徐文长,时下所心折者,惟余而已",对此颇为自得。呈贡诗人孙清元"论诗于侪辈中,少所许可,而独许余为知言"。除了朋友的激赏,王宝书对自己的才华从不怀疑,他曾认为水仙花诗易作难工,但自己的诗句"怪他妄把湘灵拟,原为天边女史星"自出机杼,颇觉一空俗陋。可惜其诗文流传不多,我们不能得窥全貌。王在诗话中的自诩也是文人常见的通病,但他确实也颇有诗才,可惜一生仕途偃蹇,有志难伸,其人其诗都未受到主流诗坛的关注。

在诗话空前繁荣的清代,《味灯诗话》因作者王宝书名位、诗名不显,因此也并不引人注目,但对于云南诗学而言,却具有毋庸置疑的价值。首先,诗话记录了一些有价值的诗学观点,通过诗话的记录,读者能了解到包括作者在内的一定范围内晚清时期诗人们的学诗宗尚和志趣,另外,通过他们之间的交往记录,可以考察相应诗人群体的诗学活动,对于了解清代末期有关诗坛状况、士人心态与面貌,都具有明显的意义。

味灯诗话

（清）王宝书　著

卷　上

（一）

　　唐诗不厌雷同，如太白有"何日是归年"之句[一]，工部亦然[二]；元稹《莺莺诗》云："自从消瘦减容光"[三]，欧阳詹《太原妓》诗亦云："自从消瘦减容光"[四]；李贺咏竹云："无情有恨何人见"[五]，皮日休《咏白莲》亦云"无情有恨何人见"[六]，如此类者甚多。

注：

　　[一] 太白有"何日是归年"之句：《李太白集》卷三十《奔亡道中五首》其一，末句为："万重关塞断，何日是归年。"

　　[二] 工部亦然：见《杜工部集》卷二十《绝句二首》其二，全诗末两句为："今春看又过，何日是归年。"

　　[三] 元稹《莺莺诗》"自从消瘦减容光"：见元稹《莺莺传》及古本西厢

记卷六崔莺莺为张生所赋诗："自从消瘦减容光，万转千回懒下床。"

〔四〕欧阳詹（755—800）：字行周，福建人，唐朝诗人，贞元八年（792）进士，有《欧阳行周文集》。原诗出处未见。

〔五〕李贺咏竹"无情有恨何人见"：四部丛刊景金刊本《李贺诗集·歌诗编》第二《昌谷北园新笋四首》其二，原句为："无情有恨何人见，露压烟啼千万枝。"

〔六〕皮日休《咏白莲》"无情有恨何人见"：有言为皮日休作，又言为陆龟蒙作。《全唐诗》录此诗为陆龟蒙名下。

（二）

《诗经》自有佳句，颜之推爱"萧萧马鸣，悠悠旆旌"[一]，谢元[二]爱"杨柳依依，雨雪霏霏"[三]两句，独王安石以"訏谟定命，远猷辰告"[四]为佳语，余则谓《竹竿》之什[五]，画中有诗，《蒹葭》之章，诗中有画，恨不能邀王摩诘[五]一读之耳。

注：

〔一〕"萧萧马鸣，悠悠旆旌"：出自《诗经·小雅·车攻》。

〔二〕谢元：南朝宋陈郡阳夏（今河南太康）人，字有宗，谢灵运从祖弟，以才名。

〔三〕"杨柳依依，雨雪霏霏"：出自《诗经·小雅·采薇》："昔我往矣，杨柳依依。今我来思，雨雪霏霏。"

〔四〕"訏谟定命，远猷辰告"：出自《诗经·大雅·抑》。

〔五〕《竹竿》之什：指《诗经·卫风·竹竿》。什：篇什。

〔六〕王摩诘：指唐代诗人王维，字摩诘，号摩诘居士。

（三）

咏钱诗，明沈石田[一]先生云："有堪使鬼原非妄，无即呼儿亦不来"，可谓诙谐入妙矣。袁子才[二]云："能用何尝非俊物，不谈未必定清流",自是平心之论。近周南卿[三]一联云:"眼孔小于穷措大,面庞圆似富家翁",象形之巧令人捧腹。客有以"白乙丙"[四]属对者,久思不获,偶检杂部,以"赤丁子"[五]对之,颇的。又"公孙丑"[六]可对"叔父辛"[七]。

注:

[一]沈石田:沈周(1427—1509),字启南,号石田,自称白石翁,长洲(今江苏苏州)人,明中期著名画家,与文征明等并列称"文沈仇唐"明四家。

[二]袁子才:清代诗人袁枚,字子才。

[三]周南卿:唐代诗人周贺,字南卿,生卒年不详。

[四]白乙丙:春秋时秦国大夫,子姓,蹇氏,名丙,字白乙,世称白乙丙。

[五]赤丁子:古代异闻录类作品中记载的报恩的鬼仆。《太平广记》卷三百五十二"鬼"第三十七条记:"洛阳人牟颖少年时,因醉误出郊野,夜半方醒,息于路傍,见一发露骸骨,颖甚伤念之,躬自掩埋。其夕梦一少年,……曰:"……蒙君复藏我,故来谢君。……君每欲使我,即呼赤丁子……,我必应声而至也。"后以"赤丁子"泛指鬼役、鬼仆。

[六]公孙丑:战国时期齐国人,孟子的弟子。《孟子·公孙丑章句·上》注:"公孙丑,孟子(轲)弟子,齐人也。孟子未尝得政,丑设词以问之。"

[七]叔父辛:指商纣王的叔父箕子,名胥余。商纣王名"受辛"。

(四)

或咏贫女云:"寂寂如过寒食节,年年孤贫卖花声",对句极有味,不知谁作。

(五)

诗有无意得之而往往难得其对者,余有句云:"美人合以镜为家",至今未得的对。

（六）

诗有意甚平而耐人想者，倪翰卿[一]明经[二]有句云："奇书每为庸人得，佳句翻因俗事成。"

注：

[一] 倪翰卿：倪藩，字翰卿，昆明人，同治庚午（1870）举人。主讲育材书院十余年，成就后进甚多，并与修《云南通志》，著有《耕心堂诗》《耕心堂笔记》《四书讲义》等。

[二] 明经：汉朝时选举官员之科目，始于汉武帝时期，至宋神宗时期废除。被推举者须明习经学，故以"明经"为名，明经即通晓经学。至清代，明经为贡生之别称。

（七）

《清湘楼诗钞》一卷，湖南节妇谭凌氏[一]作也。氏字兴凤，乡民女，少承祖训，能吟咏。年十九归谭，谭固田舍郎，而伉俪之间笃甚也。会大疫，翁与夫相继逝，遗一子，将抚为长久计，而以姑以为奇货可居。未期，迫令嫁人，不从，遂具控焉，氏恚[二]，自经[三]死，里人请旌[四]。其间为刻诗约三百余首，佳句如《感怀》云："眉因失尽休浓扫，首岂如蓬只淡妆。"《小楼》云："只容璧月穿帘入，那许杨花扑面飞。"《幽居》云："寒衾有梦通泉路，斜月无情照镜台。"《劝嫂》云："莫以忿深成反目，须知伦重在齐眉。"《咏古》云："明知鼎足三分定，偏向岐山六出师。"[五]《夜坐》云："欲卷珠帘还住手，怕移花影上身来。"皆妙选也。余为题集后云："一编遗集号清湘，雁唳猿啼总断肠。彤管遍书江上竹，九原含笑见英皇。"

注：

［一］谭凌氏：据《沅湘耆旧集》，谭凌氏原名凌兴凤，湖南衡阳人，嫁同邑农户谭积林为妻。著有《清湘楼集》，诗凡三百余首，半皆荷锄执畚、田闲唱随所得，年二十而寡，姑家欲夺其志，令其改嫁，因自序其诗殉节，惜诗集未传。

［二］恚：音 huì，愤怒、怨恨之意。

［三］自经：指上吊自杀。经：织布时以梭穿织的竖纱，编织物的纵线。

［四］旌：音 jīng，表扬，表彰。此处意为向朝廷请求表彰谭凌氏忠贞之节。

［五］"明知鼎足三分定，偏向岐山六出师"：用三国诸葛亮助刘备三分天下以及六次祁山出兵伐魏的典故，文中"岐山"当为"祁山"之误。

<h1 style="text-align:center">（八）</h1>

杨升庵[一]夫人黄氏《寄外》云："曰归曰归愁岁暮，其尔其尔怨朝阳"，句法甚创。案：对句乃黄鲁直[二]答初和甫[三]诗也。原诗云："君吟春风花草香，我爱春夜璧月凉。美人美人隔湘水，尔其尔其怨朝阳。兰荃盈怀抱琼玖，冠缨自洁非沧浪[四]。道人四十心如水，君复梦为蝴蝶狂。"[五]出《豫章外集》。

注：

［一］杨升庵：指明诗人杨慎（1488—1559），字用修，号升庵。四川新都（今成都市新都区）人，正德六年（1511）状元，明代著名文学家。

［二］黄鲁直：宋诗人黄庭坚（1045—1105），字鲁直。

［三］初和甫：黄庭坚好友初虞世，字和甫，家于卢溪，曾为官主簿，后出家为僧，以医术名天下，时人重之。

［四］"兰荃盈怀抱琼玖，冠缨自洁非沧浪"：兰荃，芳草名，借指美好事物。语出《楚辞·离骚》："兰芷变而不芳兮，荃蕙化而为茅。何昔日之芳草兮，今直为此萧艾也！"感叹香草变质为茅草、萧艾，比喻人变质。唐韩愈《送灵师》亦有句："逐客三四公，盈怀赠兰荃。"琼玖：琼和玖，泛指美玉。"冠缨自洁

非沧浪"句用《楚辞·渔父》之典故："沧浪之水清兮，可以濯吾缨；沧浪之水浊兮，可以濯吾足。"渔父劝导屈原随遇而安，与世推移，黄庭坚此处用意相反，前后两句诗表达了立德修身、洁身自好、不随波逐流的处世态度。

［五］文中所引诗为《古风次韵答初和甫二首》，集中原诗末二句为："道人四十心如水，那得梦为蝴蝶狂。"

<h2 style="text-align:center">（九）</h2>

堂叔紫卿[一]客滇三十年，为公卿襄[二]行政，性嗜吟咏，案牍闲余即捻须叉手[三]，动至忘餐。《吟花馆诗存》中佳句不可胜录，五言如《春晴》云："柳阴临水活，花影倚风轻。"七言如《牡丹》云："居然一笑能倾国，相看群花总负春。"《海棠》云："神仙偶占繁华福，风月齐舒锦绣心。"《春阴》云："如梦光阴寒食近，称心花事海棠开。"《感怀》云："吟诗各有呕心癖，处世须求换骨丹。性懒未能谋俗事，情多容易惹闲愁。此日恨多缘笔墨，当年悔不学渔樵。"《悼亡》云："举目无亲愁作鬼，返魂乏术愧知医。床前回首啼黄口，堂上伤心有白头。"《秋白莲》云："泥涂立品无人见，本色逢时自古难。"皆匠心独运，卓然名手。叔喜与余论诗，谓余独能知其苦心孤诣处，每迭花笺，皆称小阮[四]。

注：

［一］堂叔紫卿：指王景宽，初名芝，字紫卿，晚号栎村老人，山阴人。幕游至滇，因咸同年间云南爆发回乱，不能归，遂家于滇，年六十卒。工诗，尤长七律。

［二］襄：辅佐、帮助。

［三］叉手：温庭筠才思敏捷，叉手之间即可诗成，时人称为"温八叉"。后以"叉手吟"形容才思敏捷。宋孙光宪《北梦琐言》："温庭筠与李商隐齐名，时号'温李'，才思艳丽，工于小赋。每入试，押官韵作赋，凡八叉手，

而八韵成。"

[四] 小阮：指魏晋时名士阮咸。阮咸与叔父阮籍皆为"竹林七贤"之一，世称咸为小阮。后借以称侄儿。

（十）

余十四岁和堂叔落花诗有"此日既然悲堕落，明年何苦又争开"，叔大惊异，谓非有夙根[一]者不能道，特赐五百斤油墨一匣。

注：

[一] 夙根：灵根、天赋，喻人聪明，顿悟力强。

（十一）

舅氏倪梅羹[一]《咏镜》云："有人逢睹面，与我是同心。"语极含蓄。又摘句中："人闲秋有味，家贫盗亦知。"皆真得妙。

注：

[一] 倪梅羹：倪应颐，昆明人，号梅羹，进士，生平不详。

（十二）

梦中得句，往往在可解不可解之间，家大人[一]少时尝梦一联云："明月当头人失影，好花啼血鬼消魂"，余亦梦一联云："一片秋心圆似月，九环诗骨瘦于花。"

注：

[一] 家大人：王宝书之父王景昌，字潜初，昆明人，咸丰辛亥年（1851）举人，著有《红叶山馆诗文集》，因乱未梓。

（十三）

凤仙花俗呼金凤花，种最多，五色皆备，红者可染指甲，然皆不知其始于李玉英[一]也。元人瞿宗吉[二]咏之云："拂镜火星流夜月，画眉红雨露春山"，本朝崔兰生[三]咏之云："初婚秦女朝拈指，新寡文君夜听琴。"[四]皆极意刻画，以期尽致。余亦有一联云："张郎句好呼娇婢，秦女魂归证地仙"[五]，似尤不露斧凿痕迹。

注：

[一] 李玉英：据《列朝诗集·闺集》卷四记，李玉英，生卒年不详，明代锦衣卫千户李雄之女。母早亡，父西征而死，李玉英为后母焦氏所不容，因写《送春》《别燕》诗，被后母诬其不贞，执送锦衣卫，以奸淫不孝论死罪，后自于狱中上书辩解，终得免罪白冤。《花史》记载她曾用凤仙花染指甲："李玉英秋日采凤仙花染指甲，后于月中调弦，或比之落花流水。"

[二] 瞿宗吉：瞿佑（1347—1433），明代文学家，字宗吉，号存斋，钱塘（今浙江杭州）人，著有《剪灯新话》等。

[三] 崔兰生：据《安徽太平县志》，崔国琚，字兰生，安徽太平县人，廪生，未三十而卒，生平不详，著有《崔兰生遗集》。

[四] 秦女：历史传说中秦穆公之女弄玉，又称秦娥、秦女等，嫁与善吹箫之萧史为妻，每日与萧史学箫，作凤鸣之声，穆公为其筑凤台以居，后夫妻乘凤飞天仙去。文君：指西汉卓文君，司马相如之妻，为蜀郡巨商之女，守寡时因听司马相如《凤求凰》琴曲，心生爱慕，与之私奔，成为爱情佳话。此处秦女与文君均与"凤"有关，古诗中写凤仙花也常与秦女和卓文君相联系，用二人形容凤仙花之娇艳美丽。

[五] 张郎：指《西厢记》故事之张生。宋张耒在《菊诗》中写道："金凤为婢妾，红紫徒相鲜。"之后凤仙便有"菊婢"之称。明凌云翰《凤凰台上忆吹箫·赋凤仙花》云："菊婢标名，凤仙题品，纷纷随处成丛。"另张生弹琴，也是以《凤求凰》之曲，皆与凤凰有关。

笺：

凤仙花因其姿容形态似于古代传说中的凤凰，而得名金凤花，深得文人喜爱。唐代诗人吴仁璧《凤仙花》诗云："香红嫩绿正开时，冷蝶饥蜂两不知。此际最宜何处看，朝阳初上碧梧枝。"凤凰最喜栖于梧桐，此处已将凤仙花与凤凰相联系。宋代诗人刘敞云《凤仙花》有句"辉辉丹穴禽，矫矫翅翎展"；晏殊《金凤花》写"九苞颜色春霞萃，丹穴威仪秀气攒"，均将其比为凤凰（《山海经·南山经》记："丹穴之山……有鸟焉，其状如鸡，五采而文，名曰凤凰。"后"丹穴"成为凤凰的代称）。也因如此，很多诗人由凤凰又联想弄玉骑凤仙游的典故，故而认为凤仙花为弄玉精魂所化，如瞿佑另有《凤仙》一诗亦写："高台不见凤凰飞，招得仙魂慰所思。"宋代王镃《凤仙》也写"凤箫声断彩鸾来，弄玉仙游竟不回。英气至今留世上，年年化作此花开"。从以上来看，诸典故确实用得巧妙。

又因凤仙花亦名指甲花，古代女子喜用凤仙花染红指甲，别有风情。"小窗儿女娇怜甚，手指争夸一捻红"成为女子们的闺中乐趣之一。而历代文人对于女子红指甲所展现的风情也多有描摹，元代周文质小令《水仙子·赋妇人染红指甲》云："横象管跳红玉，理筝弦点落花。"张可久《红指甲》云："玉纤弹泪血痕封，丹髓调酥鹤顶浓。金炉拨火香云动，风流千万种，捻胭脂娇晕重重。"清人吕兆麟亦云："染指色愈艳，弹琴花自流。"因此上文中写凤仙花用"初婚秦女初拈指"句，不仅将凤仙花与弄玉骑凤仙花的传说相连，也写出了弄玉以凤仙花染红指甲，拈指吹箫的优美仪态，可谓语义双关，委实妙绝。

（十四）

尝谓诗至闺门中，便泠然别具一种风味，虽气格差减，而慧语灵机，总非寻常胸次所有，或亦天地灵淑之气偏于所钟耶？余尝有句云："不无妙解村夫语，别有灵心女子诗。"

（十五）

亡妹美云[一]敏慧绝伦，尝画一纸，对之吟云："黄昏三寸月，白露一分花。"乃年甫九龄，遂为造物夺去，惜哉！

（十六）

仲妹靓云[二]略知书，而于诗若有夙契，闻余吟咏之声则神为之往。一夕步中庭，忽吟云："十分秋气上花尖"，余甚奇之，遂为细剖格律。尝有《中秋夜坐》一首云："今宵又见月当头，天上人间一样秋。如许清光谁领略，有人吹笛上高楼。"余笑谓曰："阿兄为之亦不过如此。"

（十七）

戚里[三]中如幻香女史[四]有"花气熏衣风乍定，箫声隔院月初圆"之句，韵芝女史[五]有"病态八分描玉镜，诗心一点入秋灯"之句，皆风神独到，不可多得也，使人读之（原文此处疑脱一字）意也消。

注：

[一][二][四][五] 诸女均未见相关文献记载，生平不详。

[三] 戚里：汉时指帝王、外戚所居之地。《史记·万石张叔列传》："于是高祖召其姊为美人，以奋为中涓，受书谒，徙其家长安中戚里。"司马贞《史记索隐》引颜师古语曰："于上有姻戚者皆居之，故名其里为戚里。"后泛指亲戚邻里。

（十八）

余有"日斜人影直，崖断树声悬"句，妹靓云见之，仿其体云："月残花影淡，雨过鸟声清"，不觉为之叫绝。

（十九）

大兴[一]俞雪岑[二]名耀，随侍[三]宦滇，豪情狂态不可一世。以旋里[四]之前一日晤余，雅相倾倒，索诗为赠，诗已归集内矣。俞豪饮，举觥属余，慨然曰："好知音何相见之晚！"临行，执手依依，诵张船山[五]"因君不敢薄今人"之句，再四珍重而去。

注：

[一] 大兴：今北京大兴区，清代隶属顺天府。

[二] 俞雪岑：俞耀，字雪岑，大兴籍，德清人，有《雪岑残稿》。

[三] 随侍：跟随侍奉，此处指随父亲到云南任职。

[四] 旋里：返回故乡。

[五] 张船山：张问陶（1764—1814），字柳门，号船山，四川遂宁县人，乾隆庚戌年（1790）进士，诗人，书画家，著有《船山诗草》，与袁枚、赵翼合称清代"性灵派三大家"。

（二〇）

雪岑去后，老友聂紫庭[一]述其感怀诗，有"封侯梦冷看金印，饮马人[二]归卖宝刀"之句，其胸次亦可想见矣！

注：

[一] 聂紫庭：待考。

[二] 饮马人：征战回来的人。饮马指在特定地点给战马喝水。古诗文"饮马长江""饮马长城窟"均有与出兵征战有关，如《南史·檀道济传》：

"道济见收，愤怒气盛，目光如炬，俄尔间引饮一斛。乃脱帻投地，曰：'乃坏汝万里长城。'魏人闻之，……自是频岁南伐，有饮马长江之志。"此外，文中写到的"宝刀"亦为兵器，所以饮马人即为曾经入伍打仗之人。

（二一）

大姚刘喜农峻[一]，幼负神童之目，目空千古，生平最服有明之徐文长[二]，时下所心折者，惟余而已。以己酉秋礼[三]同号，因辩难而订交，亦奇格也。屡以诗集见寄，美不胜收，为摘一二于此，以当樽酒重论[四]之意。五言如《秋晚》云："蝉声千树暝，雁影一天秋。"《小憩》云："阴远苔痕活，风微日影轻。"《夜坐》云："风定千家月，林疏一点星。"摘句如："性冷爱看山"、"春雨市人疏"、"水意画柴门"、"竹密受风多"、"孤雨一窗人"等句，皆澹逸有神，清过韦孟。七言如《杂兴》云："惟有看山差脱俗，除开说鬼必三思。身未琢磨无碍苦，交惟文字不妨甘。"《初度》云："百年事业千秋待，七尺须眉万劫来。"《感怀》云："不遇穷途知己少，无求故我感恩难。"《别友》云："难堪况是分携久，强慰姑言后会长。"《失意》云："半世风尘空有泪，一生缺陷为多才。而今孰是青衫客，抱着琵琶老一生。"《咏仙》云："英雄退步留余地，名利灰心好下场。"《咏葵》云："正色那容凡卉比，倾心惟有太阳知。"《水中雁字》云："将出图书犹牛隐，避焚典籍暂虚藏。"《题〈邯郸梦传奇〉》云："功名本是男儿事，可惜卢生[五]在梦中。"《题亡友》云："早知死后归魂苦，悔不生前听杜鹃。倘如泪可还魂魄，不惜为君哭一生。"《破镜》云："天上原无常月满，世间绝少善全人。"皆能独抒意旨意，使人耳目俱新。断句中余尤其爱"乱流欲与人争路，到处青山胜故人""疏篱小巷一灯红""夕阳有路入孤村""梦好乍醒犹恋枕""万古相沿只有愁""世路多交有趣人""黄金逼出英雄泪""药能已疾亦伤身"等句，戛戛独造，不输作者。刘与余俱齐幼慧名，而多所唐突，乡间以狂生见待，每一思之，未始不悔少年盛气也。

注：

[一] 刘畯：大姚人，下文刘荣黼之子，未见相关地志、文献记载，生平不详。

[二] 徐文长：徐渭（1521—1593），字文长，号青藤老人、青藤道士等，绍兴府山阴（今浙江绍兴）人，明代著名文学家、书画家。

[三] 秋礼：指科举考试中的乡试。每三年一次，考期在秋季八月，故称秋闱。

[四] 樽酒重论：用"樽酒论文"之意。一边用樽饮酒，一边谈论诗文。形容好友相聚，喝酒谈文，十分欢畅。语出杜甫《春日忆李白》诗："何时一樽酒，重与细论文。"

[五] 卢生：汤显祖《邯郸记》（又名《南柯记》）中男主人公，在邯郸赵州桥北的客栈中遇到八仙之一吕洞宾，卢生抱怨自己时运不济，吕洞宾送其一瓷枕入梦。卢生在梦中经历数十年宦海沉浮和人情世故，梦醒后，店中黄粱米饭尚未蒸熟。卢生遂看破尘世，随吕洞宾修道而去。

（二二）

喜农尊甫榘堂[一]先生为滇中名翰林，致仕[二]归，设教与里，从学者数百人。有梓人杨必兴[三]者，以诗为贽[四]，先生奇之，为给膏火[五]。喜农为诵集中佳句于余，如《答友》云："诗尖非古意，棋胜起雄心。"《偶成》云："花冷蜂衣上，秋生雁影中。"《感怀》云："傀儡千般成手戏，穷愁两字署头衔。"《咏史》云："功名簿上无才鬼，梼杌篇中有格言。"[六]《石榴》云："嫩绿一林筛翡翠，殷红万点碎胭脂。"皆清新可诵。杨字起亭，剑川人，年三十余卒，诗随得随焚，亦奇人也。

注：

〔一〕尊甫：对他人父亲的敬称。刘荣黼，字春龄，号榘堂，嘉庆戊辰年（1808）进士，历任翰林院编修、贵州遵义府知府、贵阳粮储道等，有《榘堂诗草》。

〔二〕致仕：指辞去官职或退休。

〔三〕梓人：古代木工的一种，亦泛指木工、建筑工匠，雕版印刷兴起后指印刷业的刻版工人。明胡应麟《少室山房笔丛·经籍会通四》："盖当代板本盛行，刻者工直重巨，必精加雠校，始付梓人。"清冯桂芬《〈思适斋文集〉序》："辑录得二十卷，将授梓人，问序于余。"杨必兴，字起亭，云南剑川人，生平不详。

〔四〕贽：初次求见时所持之礼。引申义为持物以求见，赠送。始见于《左传·成公十二年》："交贽往来。"《孟子》也有言："出疆必执贽。"明宋濂《送东阳马生序》记："撰长书以为贽"，皆为此意。

〔五〕膏火："膏"为灯油。旧时晚上读书，需买油点灯，故用膏火指读书学习之费。

〔六〕梼杌：音 táo wù，传说中之凶兽，《神异经》有记："西方荒中有兽焉，其状如虎而犬毛，长二尺，人面虎足，猪口獠牙，尾长一丈八尺，搅乱荒中，名梼杌。一名傲狠，一名难训。"《孟子·离娄下》："晋之《乘》，楚之《梼杌》，鲁之《春秋》，一也。"因此有人认为《梼杌》或为我国最古方志之一。

笺：

关于"梼杌"的文献，有《左传·文公十八年》："颛顼有不才子，不可教训，不知话言，告之则顽，舍之则嚚（音 yín，意为顽固愚蠢），傲狠明德，以乱天常，天下之民谓之'梼杌'"。另有明末小说《梼杌闲评》，为刺魏忠贤所作。此外有宋代蜀人张唐英（1029—1071）所撰之地方史《蜀梼杌》，一名《外史梼杌》，又名《蜀春秋》，载前、后蜀两朝八十年史。张唐英《自序》中言："王、孟父子四世，凡八十年，比之公孙述辈最为久远，其间善恶之迹亦可为世之鉴戒。……今因检阅始终、削去烦冗，编年叙事，分为二卷……名曰《蜀梼杌》，盖取楚史之名，以为记恶之戒。"综合上述信息，因诗话中句为"梼杌篇中有格言"，且诗题为《咏史》，笔者认为该处所言《梼杌篇》应指《蜀梼杌》。

（二三）

倪翰卿有"细雨残灯梦故人"之句，历对皆不佳，因摘存之。

（二四）

余《咏风筝》云："怪他骨相薄于纸，也向青天高处飞"，议时也。刘喜农一绝云："莫恃身轻便上乘，要知高度最难登。游来海阔天空外，还有蓬莱到不曾。"寓意甚佳，然总不如徐文长"春风自古无凭据，一任骑牛弄笛儿"[一]之妙。

注：

[一] "春风自古无凭据，一任骑牛弄笛儿"：见徐渭《徐文长全集》卷十二《郭恕先为富人子作风鸢图偿平生酒肉之饷富人》，原诗为："江北江南纸鹞齐，线长线短迥高低。春风自古无凭据，一任骑牛弄笛儿。"

（二五）

咏严陵[一]者多矣，然皆太伤于意，诗虽佳，终觉浅露，徐文长云："不知天子贵，自是故人心"[二]，十字独有千古。

注：

[一] 严陵：东汉著名高士严光，字子陵，浙江会稽人，与汉光武帝刘秀为同窗，刘秀登基后多次征聘其入仕，严子陵皆拒，隐居富春江一带，终老于山林，后世皆称高士。

[二] "不知天子贵，自是故人心"：见徐文长诗《严先生祠》，《徐文长全

集》卷六十五，原诗为："碧水映何深，高踪那可寻。不知天子贵，自是故人心。山霭销春雪，江风洒暮林。如闻流水引，谁识伯牙琴。"

（二六）

蒙化[一]孝廉张培基心田[二]有《书子陵传后》一首云："君子重知己，相期共功名。功名弗与共，富贵安足论。帝少与游学，赏识谅已真。既知宜优礼，胡不先聘征。草昧龙兴日，片长将同升。杖策收邓禹[三]，河内委寇恂。一语相契合，便引为腹心。而况同方术，义将优乐分。置之帷幄间，安知非元勋。如何资群力，斯人如不闻。洎[四]乎鼎已定，始宏念旧恩。太平窃卿相，庸福非所欣。王良周党辈[五]，小节徒斤斤。故人原知君，君不知故人。慷慨去富春[六]，寄托一何深。逼之成隐沦，千载谁知音。"此诗独创奇论，薄羊裘[七]为热中人[八]，而责光武弃才之失，翻尽前人之案，可谓独具只眼矣。

注：

[一] 蒙化：今云南大理巍山县。

[二] 张培基：字心田，蒙化人，道光丁酉年（1837）举人，咸丰间曾任大理府训导，寻改署广通县教谕，死于回乱。诗集不传。

[三] 杖策收邓禹：用邓禹杖策见刘秀，助其复兴汉室之事。杖策，追随之意。邓禹，字仲华，河南南阳人。东汉名将，协助汉光武帝建立东汉，为"云台二十八将"之首。

[四] 洎：音jì，意为到，及。

[五] 王良，据《后汉书·王良传》，王良字仲子，东海兰陵人。王莽时，称病不仕，教授诸生千余人。建武二年，朝廷征聘，不应。三年，征拜谏议太夫，数有忠言，以礼进止，朝廷敬之。六年，代宣秉为大司徒司直。在位恭俭，妻子不入官舍，布被瓦器，后辞官，卒于家。《后汉书·周党传》：周党字伯况，太原广武人，王莽窃位，托疾杜门。建武中，征为议郎，以病去职。复被

征，不得已，待见尚书。及光武引见，党伏而不谒，自陈愿守所志，帝乃许焉。著书上下篇而终。邑人贤而祠之。

笺：

王良、周党均为史上有名贤德之士，淡泊功名，克己复礼，一生向往隐居但被朝廷三征五聘，不得已出仕，在位期间克勤克俭，世人称之。此处诗人言"王良周党辈，小节徒斤斤"，对二人似含贬义。联系全诗，诗人之意在于指摘光武帝征战天下、用人之际忽略严子陵，天下平定后方想起他，为严子陵抱不平。但诗中以王良、周党的美德节行与严子陵相比，厚此薄彼，有失偏颇。

〔六〕慷慨去富春：指严子陵拒绝光武帝征聘，毅然隐居富春江之举。

〔七〕羊裘：严光曾披羊裘隐居于富春江，有"羊裘垂钓"典故，故后人时以"羊裘"代指严子陵。《后汉书·严光传》："严光字子陵，一名遵，会稽余姚人也。少有高名，与光武同游学。及光武即位，乃变名姓，隐身不见。帝思其贤，乃令以物色访之。后齐国上言：'有一男子，披羊裘钓泽中。'帝疑其光，乃备安车玄纁（纁，音 xūn，玄纁，指黑色、红色的布帛，代指帝王聘请贤士的赘礼。）遣使聘之。三反而后至。"

〔八〕热中人：热衷于功名世务之人。

（二七）

威楚洪明经熙元[一]，字玉山，初不识余，而逢人说项[二]，雅相倾倒，尝题刘喜农诗集云："论交竟得文中子[三]，抹倒千秋笔两枝。"刘为道款洽[四]，遂订交焉。

注：

〔一〕洪熙元：生平不详，字"玉山"下文作"亦山"。

〔二〕说项：称誉他人。唐代文人杨敬之爱才，对项斯很是赏识，逢人便称誉他，项斯由此声名大震。语出唐李绰《尚书故实》："杨祭酒（雪莲按：杨敬之字茂孝，元和进士，累官国子祭酒，故称。国子监为封建王朝中央教育机构，祭酒是国子监主官的官衔称呼）爱才公心，尝知江表之士项斯，赠诗曰：'处处见诗诗总好，及观标格过于诗。平生不解藏人善，到处相逢说项斯。'（项斯）由此名震，遂登高科也。"

〔三〕文中子：王通（584—617），字仲淹，道号文中子，隋朝大儒。精习《五经》，生平以著书讲学弘扬儒学。

〔四〕款洽：亲密、密切。《北史·长孙嵩传》："隋文龙潜时，与平情好款洽。"

（二八）

场中搜检[一]始于宋时，近来挟书之弊愈甚，刘喜农一绝云："防弊原因作弊人，岂容弄假竟成真。脱衣解带吾何惜，不爱身才是爱身。"可谓善于解嘲矣。

注：

〔一〕场中搜检：参加科考时搜身，防作弊。

（二九）

"垓下红颜碎，花名尚美人[一]。翩翩仍楚舞，不领汉宫春。"喜农咏虞美人诗也，殊隽逸可诵。

注：

〔一〕"垓下红颜碎，花名尚美人"：用楚霸王项羽兵败被围垓下，虞姬自刎与霸王作别之事。相传虞姬自刎死后，鲜血染过之地长出一种罕见之艳丽花草，后人命名为"虞美人"。

(三〇)

医家有急脉缓受[一]之法，余则谓，作律诗必于缓中见急，若绝句必不可缓，而又必于急中见缓，至末句尤不可平，末句佳则通首皆振矣。

注：

[一] 急脉缓受：对来势凶猛的病用和缓之法治疗。比喻用和缓的方式处理急事。

(三一)

律诗最争起结，中间情景相生，自足动目，若一起便平，虽有佳句，亦不出色；一结无力，则通首散漫无着，故起不可占实，须善于留，恐说尽也；不可蹈空，须善于蓄，恐滑过也；结语或推开或返深或插入，奇波余趣，总以束得住全势为佳。

(三二)

兵家云："实者虚之，虚者实之。"押韵之法，何独不然！余尝谓情景逼真而语句未足动人者，不能选韵之故也。大抵虚韵宜实押，实韵宜虚押，生韵宜熟押，熟韵宜生押，正韵宜反押，反韵宜正押，庶几耳目一新，音节更入妙矣。

(三三)

水仙花诗易作难工，明徐文长一首云："百品娇春减却春，一清无可拟丰神。银钿缟袂田家妇，绝粒休粮女道人。"[一]可谓极力形容，独标新异。此外大都以金环玉佩、江皋洛神搪塞了事，语熟口臭，习以为常。堂叔紫卿一首云："爱汝一些尘不着，特标风韵斗梅花。"比勘最新。余亦有句云："怪他妄把湘灵拟，原为天边女史星。"本女史星散为水仙花，颇觉一空俗陋。

注：

〔一〕见徐文长《水仙》其二，《徐文长集》卷十二《题画绝句》。

（三四）

近人作诗，介寿[一]不离乎松柏，赠妓不离乎桃李，近别不离乎杨柳，以为拟于其伦，殊不知此等恶习最讨人厌，因忆唐张籍《逢贾岛》诗，开口便云："僧房逢着款冬花"[二]，真足供一大噱[三]也。

注：

〔一〕介寿：祝寿。《诗经·豳风·七月》："为此春酒，以介眉寿。"

〔二〕僧房逢着款冬花：语出张籍诗《逢贾岛》："僧房逢着款冬花，出寺行吟日已斜。十二街中春雪遍，马蹄今去入谁家。"见《张司业诗集》卷六，四部丛刊景明本。

〔三〕噱：音 xué，笑。

（三五）

壬子乡试，诗题"赋得千崖秋气高"，得"多"字，余押实韵云："秋送故人多"，本原诗意也，揭晓后获隽者大半知交，而余下第，始悟句已成谶。

（三六）

余最爱表圣[一]《廿四品》造句不凡，耐人玩味，如"独鹤与飞"、"落花无言"、"空潭泻春"、"明月前身"、"画桥碧阴"、

"过雨采蘋"、"碧山人来"、"一客听琴"、"萧萧落叶"、"清风与归"等句，以此论诗，固是绝妙之论，以诗论此，又岂非绝妙之诗耶？

注：

［一］表圣：司空图（837—908），字表圣，晚唐诗人、诗论家，著《二十四诗品》。

（三七）

咏物诗虽小道，总要用意不凡，别有襟抱，若徒事工稳，已落二乘，极意为之，不过崔鸳鸯、谢蝴蝶[一]而已。明于忠肃[二]咏石灰云："粉骨碎身都不惜，只留清白在人间"，是何等胸臆！近人画角描头，不值一顾。

注：

［一］崔鸳鸯、谢蝴蝶：唐代诗人崔珏和宋代诗人谢逸。崔珏字梦之，贝州清河（今属河北）人，宣宗大中进士，曾为秘书郎，以赋《和友人鸳鸯之什》诗为人称道，因号"崔鸳鸯"；谢逸（1068—1113），字无逸，号溪堂，抚州临川（今江西抚州）人，曾作蝴蝶诗三百余首，多佳句，时人称为"谢蝴蝶"。

［二］于忠肃：于谦（1398—1457），谥号"忠肃公"。

（三八）

已故大姚拔贡周镛[一]，字东序，有《咏炭》诗云："为悯苍生寒冻事，不辞锻炼出深山。"其抱负固自不凡。

注：

［一］周镛：字东序，大姚人，道光己酉科（1849）拔贡。诗集已不存。

（三九）

蒋寿霞云培[一]，故大姚布衣也，有"夕阳清磬出桃花"之句，时人呼蒋桃花。

注：

[一] 生平不详。

（四〇）

倪翰卿诗五言胜于七言，如《山行》云："路曲穿云出，山深踏叶行。"《夜坐》云："风尖窗破纸，霜重瓦生棱。"《即事》云："云寒常恋月，树远欲黏天。屋漏天来补，墙高月上迟。"又："秋雨故园心，身闲病亦轻"等句，皆清妙可诵。七言少逊[一]，而亦有可传者，如"心到定时方有主，身因闲久转无聊。事纵难为终要了，物因少见便称奇。"的是悟后人语。他如"乱山黄叶一声钟""寒入秋声落叶多"皆是千锤百炼语。

注：

[一] 少逊：稍微逊色。

（四一）

刘喜农有《题上林[一]瓦当[二]》一绝云："宫殿咸阳一炬收[三]，飘零片瓦角翎伴。相知惟有秦时月，曾照当年凤脊头。"酷似元人。

注：

[一] 上林：指秦汉时期皇家园林上林苑。因诗中言及园林被火烧，此处

应指秦始皇时期之上林苑,据《史记·秦始皇本纪》,秦灭六国后,"徙天下豪富于咸阳十二万户。诸庙及章台、上林皆在渭南";"乃营作朝宫渭南上林苑中,先作前殿阿房"。

[二] 瓦当:俗称瓦头,是古代建筑中筒瓦顶端下垂部分,屋檐最前端的一片瓦。瓦当上刻有文字、图案,用以装饰美化和蔽护建筑物檐头。

[三] 宫殿咸阳一炬收:指项羽火烧上林苑阿房宫一事。《史记·项羽本纪》记载:"项羽引兵西屠咸阳,杀秦降王子婴;烧秦宫室,火三月不灭。"杜牧《阿房宫赋》亦写到"楚人一炬,可怜焦土"。

(四二)

同社孙孝廉清元[一],字菊君,呈贡人,诗才清丽,不肯作汗漫语,有《菊隐园诗钞》若干卷,佳句如《晓寒》云:"薄寒增睡味,多病损春心。"《晚炊》云:"人烟和雨黑,鸟路逼天青。"《漫兴》云:"微风拂槛得花态,细雨入帘闻笋香。"《梅花》云:"月华才上影俱好,雪意欲来香转清。"《途中》云:"冷闭车帷如嫁女,倦逢骑店似还乡。"皆语炼字鉥[二],神味悠然,所谓躁气退尽、清光大来者也。孙论诗于侪辈中,少所许可,而独许余为知言。尝与余作《陈沅诗》[三]斗捷,一日各得十余首,录其一云:"才出萝村[四]又柳营[五],牟尼[六]一串老昆明。半生缘分如残月,辜负团圆是小名。"

注:

[一] 孙清元:字亨甫,一字仲初,号菊君,云南呈贡人,道光甲辰(1844)举人,年仅三十九而卒。《菊隐园诗钞》已不存,有《抱素堂诗钞》《大瓢山房诗存》,云南丛书收录,合孙清士诗钞名《呈贡二孙遗诗》。

[二] 鉥:音 xì,古同"玺"。

[三] 陈沅:即陈圆圆,原名陈沅,字圆圆、畹芳,江苏武进(今常州)人,明末清初江南名伎,"秦淮八艳"之一。曾被外戚田弘遇劫夺入京,后转

送吴三桂为妾。相传李自成攻破北京后，手下刘宗敏掳走陈圆圆，吴三桂"冲冠一怒为红颜"（吴伟业《圆圆曲》），遂引清军入关。吴三桂平定云南后，陈圆圆进入吴三桂平西王府，一度"宠冠后宫"，后遂辞宫入道，"布衣蔬食，礼佛以毕此生"。文中所引诗显然也关涉此事。

[四] 萝村：菠萝村，现昆明市内，金殿旁边（金殿为吴三桂所建）。

[五] 柳营：在今昆明翠湖旁。洪武年间，沐英镇滇，仿西汉名将周亚夫细柳屯兵，在翠湖西岸建"柳营"，常在柳营河边洗马，柳营洗马被誉为"翠湖八景"之一。

[六] 牟尼：梵语音译词，意为寂静，多指释迦牟尼；亦指牟尼子，亦称"牟尼珠"，即数珠，佛教徒念佛、持咒、诵经时用来计数的成串珠子，此处指牟尼子。

（四三）

菊君作《白秋海棠》诗有"本来红泪易成冰"之句，为时流所赏。

（四四）

山阴[一]冯炳勋一帆[二]游幕滇中，以贫困卒，尝记其《感怀》一首云："百年壮志近销磨，世味深尝感慨多。国士对门遗敝屣，浊流当道甚黄河。知音会有钟期遇，相马曾无伯乐过。我欲风斜兼雨细，若耶溪畔着渔蓑。"

注：

[一] 山阴：今浙江绍兴。山西亦有山阴县，但下文提到"若耶溪"，在今绍兴境内，此处山阴应指绍兴。

[二] 冯炳勋一帆：生平不详。

（四五）

堂叔紫卿《咏雪》用东坡北台韵[一]云："叩户有谁来送炭，

断炊几处并无盐。野田有泽偏宜麦，枯木先春竟著花。"使人意想俱新。

注：

[一] 东坡北台韵：指苏轼《雪后书北台壁二首》，其一云："黄昏犹作雨纤纤，夜静无风势转严。但觉衾裯如泼水，不知庭院已堆盐。五更晓色来书幌，半夜寒声落画檐。试扫北台看马耳，未随埋没有双尖。"

（四六）

建水曾小林彬[一]年少翩翩，兴会标举，尝以《友竹斋诗草》见示，为摘其佳者于此，五言如《山行》云："云气争岩出，泉声咽石多。"《西山阻雨》云："寺迥钟声搁，楼空海气归。"《寄友》云："他乡有梦常寻友，孤况多愁怕寄书。"又"君家一件关心事，庭外梅花开未开"，俱洒脱可喜。乙卯乡试，曾登贤书第一。

注：

[一] 曾小林彬：曾彬，字小林，建水人，咸丰乙卯年（1855）解元，年三十一而殁。有《香南馆诗集》。

（四七）

余敬斋[一]少尉[二]以诗一帙见示，无作者姓名，云系宦湖北时所得，盖隐于商者，不知何许人也。阅竟，摘书数联于此，《村居》云："芳草碧三径，斜阳红半村。"《江行》云："舟轻冲浪过，风劲带潮回。"《早发》云："晓起浑忘寒彻骨，一肩行李五更霜。"

注：

[一] 余敬斋：生平不详。

[二] 少尉：清代对典史的别称。典史，元始置，明清沿用，设于州县，为知县下面掌管缉捕、监狱的属官。

（四八）

洪明经亦山[一]入都途中被劫，诗集散佚。今归，出《汉南集》《囊香集》《马肿集》见示，盖默而识之，仅存十分之四矣。佳句如《舟次》云："前途烟景野花发，有客行舟春水生。"《悼亡》云："嫁衣几次寒天质[二]，舂米无多隔夜谋。"《偶成》云："痛极眼无泪，愁多肠有声。"《安顺道中》云："石惟有千种，山高无一峰。"《长沙感事》云："红尘火戢[三]军客盛，白浪声吞战骨多。"《赠人》云："人如美玉疵瑕少，诗比长城壁垒新。"《漫兴》云："好友难逢须爱惜，书生无用为痴狂。"《昆池宴集》云："眼底人才分九派，胸中事业隔千秋。境因重历翻增感，身到无聊不暇愁。"《闲眺》云："舟横白浪风波险，寺隐青山草木深。"他如《壮游》"山是故乡低"，"人如无命狂多才，事到因人恩怨多"皆妙选也。洪以乙卯来省乡试，失足坠井死，士林惜之。

注：

[一] 洪明经亦山：生平不详。

[二] 质：典当。

[三] 戢：音 jí，收敛，隐藏，停止之意。《诗经·时迈》："载戢干戈。"《国语·周语》："夫兵戢而时动，动则威。"

（四九）

杨春麓寿芳[一]，邑诸生，为人浅率，性嗜饮，醉后每迁触人，诗有可传者，余记其一联云："狂来欲作刑天舞[二]，醉后空余斫地歌[三]。"颇有奇气。

注：

[一] 杨春麓寿芳：生平不详。

[二] 刑天舞：刑天，上古神话传说中炎帝手下的大将，与黄帝大战时，被砍掉脑袋，因此称为"刑天"。《山海经》记："刑天与帝至此争神，帝断其首，葬之常羊之山。乃以乳为目，以脐为口，操干戚以舞。"陶渊明《读山海经》诗有句："精卫衔微木，将以填沧海。刑天舞干戚，猛志固常在。"

[三] 斫地歌：语出杜甫《短歌行赠王郎司直》："王郎酒酣拔剑斫地歌莫哀！我能拔尔抑塞磊落之奇才。"拔剑斫地，指现实中抑郁不得志，拔剑砍地以发泄心中愤懑之情。

（五〇）

老友聂紫庭明经，诗不甚工，虚怀雅度，蔼然可亲，每有所作，必强余商定。录其《感怀》云："饥寒驱我关山远，笔墨磨人岁月劳。"《安南道中》云："人因路险时防滑，天为衣单不肯寒。"《对月》云："瘦竟同余惟有骨，修能到汝定生春。"《问梅》云："老去可能撑傲骨，修来曾否脱凡胎?"《偶成》云："春风吹我原无意，夜月窥人似有心。"又《山行》"日色冷边城"之句极佳。君慷慨多情，爱才如命，年五十余与余订忘年交，雅相倾倒。

（五一）

大兴俞东生焜[一]，雪岑弟也，尝以诗集见寄，苍峭不及乃兄，而沉郁过之，《偶兴》云："灯暗半窗月，竹阴三径花。"《旅况》云："雁声孤枕听，人语一灯知。"《江顶坡道中》云："山势撑天立，江声带石流。"《寒夜》云："五更鼓角添愁易，万里乡山入梦难。"又有《寄乡人》一首，音节苍凉，余喜诵之，诗云："西风一雁下南天，草白沙黄绝塞边。十九峰头催鼓角，八千里路望幽燕^[二]。身依旅馆秋初老，梦到江村月正圆。日暮浮云横岭树，迢迢何处蓟门^[三]烟。""岁月惊烽火，乾坤负布衣"，亦雪岑壮游诗也，殊沉郁可诵。

注：

［一］俞东生焜：上文俞耀之弟俞焜，同治元年（1862）举人，曾任福建知县，生平不详。据《德清县新志》，"东生"应为"冬生"。

［二］幽燕：指今河北北部及辽宁一带。战国时属燕国，唐以前属幽州，故名。

［三］蓟门：原指古蓟门关，即居庸关。春秋战国时的燕国，以蓟城为国都，古称蓟城为蓟门。古诗词中蓟门通常指北京，文中所引诗写到"迢迢何处蓟门烟"，"蓟门烟树"为燕京八景之一，可知是指北京。

（五二）

威楚^[一]谢云房英^[二]，邑诸生也，老而不遇，纵情诗酒，晚年贫甚，卒于昆明。谢善画竹石，丐者纷纷因以自给。诗多信口随意之作，遗稿不能付梓，族侄某携以示余，为摘数四于此，以存其人。五言如《闲居》云："夜长灯作伴，病久药成仇。"《吟云》云："乾坤真一色，昼夜忽通明。"《寺游》云："经声僧饭早，花气石楼晴。"《客感》云："人情凉似洗，我意热如焚。"七言如《春暮》云："春色可怜清似水，诗情只好醉如泥。"《遣怀》云："自怜老态无拘束，骂鬼谈天过一生。"《侨居》一首云："身世浑如不系舟，人间无路任沉浮。生平不饮心常醉，暂把华山作枕头。"他如"闲愁惟有夜灯知""胸有奇愁不算贫""小窗风破纸重糊""我才无用亦天生""买药钱空病转安""无以为家去住难"等句，皆自抒性情，不落浅近，而一种抑郁不得志之概亦可想见。

注：

[一] 威楚：今云南楚雄。唐前爨族酋长威楚筑城居此，因名威楚城。南诏时为银生节度治所，大理时置威楚郡，明称楚雄府。

[二] 谢云房英：谢英，字云房，嘉庆间人，幼读书，专习画，及长，写花卉鱼鸟，工笔极精，后以画竹博名。

<h2 style="text-align:center">（五三）</h2>

杨石亭先生，河南老名士也，依侄诒堂[一]学使[二]来滇，余时肄业[三]署中，先生以《秋夜感怀》诗见示，云："万里滇云作壮游，西风忽忽鬓边秋。夜来几阵窗前雨，只有芭蕉总不愁。"反说极有意味。

注：

[一] 诒堂：杨式谷，字诒堂，河南商城人，道光辛丑年（1841）进士，咸丰十年以礼部侍郎任。杨石亭无考。

[二] 学使：即学政，提督学政的简称，清中叶以后，派往各省，按期至所属各府、厅考试童生及生员的官员，均从翰林院或进士出身的官吏中指派，三年一任。

[三] 肄业：音 yì yè，指修业、学习，亦指学生未达到毕业年限或程度而离校停学。

<h2 style="text-align:center">（五四）</h2>

缁流羽服[一]，能诗者多矣，惟比丘尼[二]不能概见。有唐比丘尼名海印[三]者，《舟夜》一首云："水色连天色，风声杂浪声。旅人归思苦，渔叟梦魂惊。举棹云先到，移舟日逐行。续吟诗句罢，犹见远山横。"此诗知者甚罕，而一起句法，近时诗帖亦习用之，几成尘羹土饭矣。

注：

[一] 缁流羽服：缁流，指僧徒。缁，黑色。因僧人穿缁衣，故亦指僧。羽服，仙人或道士的衣服，此处代指道士，道士亦称羽客、羽人。

[二] 比丘尼，梵语音译词，指满二十岁出家且受过具足戒的女僧。

[三] 海印，唐末蜀中慈光寺尼，有诗名。

（五五）

"一着羊裘便有心，羊裘岂是钓鱼人。当时只着蓑衣去，烟水茫茫何处寻。"[一] 宋人咏严子陵诗也。明徐伯龄[二] 以"人"字非韵，改为"一着羊裘用意深，羊裘岂是钓鱼心"。语犯复矣。近所传见者又改为"一着羊裘便有心，虚名传诵到如今。当时若肯蓑衣去，烟水茫茫何处寻"。

注：

[一] 诗见于富春江严子陵钓台题咏。

[二] 徐伯龄：字延之，自号篛冠生，浙江人，明代学者。

（五六）

"飞琼扶上紫云车"，"玉簪坠地无人拾，化作东南第一花。"不知何人诗也[一]。首句缺，只三句，录以俟考。

注：

[一] 全诗为："宴罢瑶池阿母家，嫩琼飞上紫云车。玉簪坠地无人拾，化作东南第一花。"陈咏《全芳备祖》（明毛氏汲古阁抄本）前集卷二十六"花部·咏玉簪花"收入，署名山谷作，《竹屿山房杂部》《七修类稿》同，但黄庭坚集中未见此诗。

（五七）

桂林刘君晋[一]，字少寅，以军功候铨[二]大令[三]。其人权奇自喜[四]，多技能。客滇，与余订交，有《味盐梅馆诗存》若干卷，录其佳句于左。《即事》云："秋色不随流水去，夕阳惟见乱山多。"《九日感怀》云："又是浮名成画饼，竟无佳句可题糕。"《白萼花》云："谢绝繁华存本色，甘将冷淡表清流。"《偶成》云："蜂抱残红和雨坠，鸟拖新绿带烟飞。"《书怀》云："冷句有时工草创，浮名何日梦槐安。无人能学嵇康懒[五]，有母难高阮裕[六]宁。"《杂兴》云："牧归十里暮山紫，樵唱一声秋草黄。"《无题》云："含羞掩衲飘香泽，带笑衔杯见粉涡。"《题伍员傅》云："莫谓捧心真绝色，要知尝胆伏深机。"《病退》云："病退药威灭，闲余茶味长。"皆能独标新颖，为一家言。又有《七夕感坏》一绝云："耿耿银河澹若烟，双星隔绝亦堪怜。伊谁慷慨成人美，助与牵牛十万钱。"

注：

[一] 刘晋，广西灵川人，举人，官湖南宝庆府同知，有《味盐梅馆诗钞》。

[二] 铨：本为衡量轻重的器具，引申为量度、评定，时用于指选拔官吏。如：铨选。

[三] 大令：旧时对县官的敬称。

[四] 权奇自喜：指智谋过人，自我欣赏。权奇，指马善行，亦指人智谋出众。《汉书·礼乐志》："太一况，天马下，沾赤汗，沫流赭。志俶傥，精权奇。"清代王先谦补注："权奇者，奇谲非常之意。"《文选·颜延之》："雄志倜傥，精权奇兮。"张铣注："权奇，善行貌。"

[五] 嵇康懒：嵇康在《与山巨源绝交书》中自述本性疏懒，不愿出仕。后遂用为懒散之典。王维《山中示弟》诗有句："莫学嵇康懒，且安原宪贫。"

[六] 阮裕：阮籍族弟，字思旷，河南陈留人，初任王敦主簿，以王敦有不臣之心，乃终日酣觞，以酒废职。王敦谓阮裕非当世实才，徒有虚誉，出为溧阳令，得以自保。

（五八）

南宁彭松龄韵谷[一]以铨曹[二]乞假归，出《抱瓮眠亭诗集》见示，佳句不可胜录。五言如《即事》云："树深风误雨，牖[三]静鸟窥人。"《夏日》云："种竹三分水，摊书八尺床。"《途次》云："石与人争路，云随马过桥。"《杂兴》云："古树寒无影，秋花瘦有情。"《偶成》云："官情鸡肋淡，诗味马头浓。"七言如《对雪》云："怜他不肯留余地，对此真应悔热中。"《别友人》云："人经久客常悲别，路到归家不畏难。"又有"灯助乡愁一豆红"之句，余尤爱之，见必戏曰："君生平如此等句尚有多少？"

注：

[一]彭松龄韵谷：彭松龄，字韵谷，祖籍江西，随父寄籍南宁，道光己酉年（1849）拔贡，选吏部文选司行走，曾官云南。其诗集未见传。

[二]铨曹：主管选拔官员的部门。

[三]牖：音 yǒu，窗户。

（五九）

堂叔紫卿由腾西归，出《寄梦山房诗草》见示，才思之工，愈臻化境，如《新柳》云："有人眉妩偷新样，如此风流称少年。"《即事》云："春在莺花全盛日，客来风月有情天。"和余《春草》云："幽兰转惜根难托，青冢应怜节不埋。"《追悼》云："生前谁信卿无寿，死后方知病可医。"《偶成》云："得砚情同添益友，护花心等惜佳人。"《新凉》云："红袖可曾添半臂，绿窗恰好掩疏帘。"《咏菊》云："伴我樽前看晚节，寄人篱下岂初心。"《生挽丙子》云："任劳谅我家多累，讳疾愁卿病莫医。情因见达能分爱，缘为离多或到头。"《旅馆有感》云："乍醒浑忘身是客，梦魂昨夜又归家。"

（六〇）

"匣中纵有菱花镜，羞向单于照旧颜"[一]，昔人咏明妃诗也，与"君王若问妾颜色，莫道不如宫里时"[二]同一深婉。他如"耳目所见尚如此，万里安能制夷狄"[三]，持论虽大，终乏情致。若高季迪[四]之"劝君莫杀毛延寿，留画商岩梦里贤"[五]尖酸刻薄语，与"汉恩自浅胡自深"[六]同一背谬。堂叔紫卿《咏明妃》一首云："漫疑失计议和戎，自是倾城色太浓。便赂毛君工写照，六宫未必肯相容。"立意甚新，未经人道。余亦有翻案一首云："天生丽质靖胡尘，只合凌烟画此身。偏到明妃裁有怨，锦车持节又何人。"用冯夫人[七]事，自成别解。

注：

［一］诗出唐代杨凌《明妃怨》（明妃，指王昭君）。原诗为："汉国明妃去不还，马驼弦管向阴山。匣中纵有菱花镜，羞对单于照旧颜。"杨凌字恭履，大历间进士，贞元中为协律郎。

［二］君王若问妾颜色，莫道不如宫里时：诗出白居易《王昭君二首》其二，原诗为："汉使却回凭寄语，黄金何日赎蛾眉。君王若问妾颜色，莫道不如宫里时。"《白氏文集》卷十四，四部丛刊影日本翻宋大字本。

［三］耳目所见尚如此，万里安能制夷狄：诗出欧阳修《再和明妃曲》，原诗过长，兹不赘录。见《欧阳文忠公集》第153卷，四部丛刊本。

［四］高季迪：明诗人高启（1336—1373），字季迪，平江路（明改苏州府）长洲县（今江苏省苏州市）人，元末明初诗人。

［五］劝君莫杀毛延寿，留画商岩梦里贤：高启《咏昭君诗》。晋葛洪《西京杂记》载，毛延寿是汉元帝时最著名的人物画家，王昭君入宫时因未贿赂画工，于是毛延寿将其画丑，无缘被君王召幸。匈奴首领入长安朝觐天子，汉元帝将王昭君赐婚和亲。上殿辞行之时，汉元帝才发现昭君绝色，但后悔已晚。

为不失信于匈奴，元帝只有忍痛让昭君和亲，为此一怒之下杀了画工毛延寿等人。"留画商岩梦里贤"：商岩，指殷商时期著名贤臣傅说之事。相关文献记载傅说本为囚犯，无姓，名说，在傅岩筑城。商王武丁即位后，欲振兴商朝，苦于未得贤才辅佐，后梦中得圣人，醒来后将梦中的圣人画影图形，派人寻找，最终在傅岩找到傅说，任用为相，国乃大治。后说遂以傅为姓。后以"商岩"比喻在野贤士。唐顾云《谢徐学士启》："周渭商岩（周渭，指姜太公垂钓于渭水，被周文王起用)，皆辞钓筑。"宋张孝祥西江月词："清尊今夜偶然同，早晚商岩有梦。"

〔六〕汉恩自浅胡自深：诗出王安石《明妃曲二首》其二。《临川先生文集》卷四，四部丛刊本。

〔七〕冯夫人：名嫽，汉代解忧公主侍者，尝持汉节为公主使者，行赏西域诸国，皆敬信之，号冯夫人。后为乌孙右大将妻。右大将与乌就屠友善，使冯夫人劝乌就屠降汉。宣帝时，使冯夫人锦车持节，立解忧公主长子元贵靡为大昆弥，乌就屠为小昆弥。解忧公主孙乌孙大昆弥星靡继位，国势弱，冯夫人自请使乌孙，安定其国。

（六一）

余《春草诗》出，一时和者甚众，而"生"字一韵，颇难出色。孙吉人[一]茂才和云："化到流萤了一生"，令人耳目一新。

注：

〔一〕孙吉人：孙清士，字吉人，云南呈贡人，同治辛未年（1871）进士，官四川达县知县，有《吉人诗钞》。

（六二）

谢小坪[一]明经名宝臣，威楚人，诗才清丽，人亦洒然有致，稿中佳句美不胜收。五言如"山好人思雪，心闲梦作诗"，《旅次》云："烟深人语滞，霜重马蹄迟。"《即事》："风牵流水折，鸟挟夕阳归。"七言如《探梅》云:"狂如我辈犹嫌俗,咏到此花方是才。五尺茆亭眠瘦石,一湾流水画斜阳。"《初度》云:"良朋携酒何妨醉,斯世全生亦太难。暗将冷泪流知己,已把熙朝让古人。"《感怀》云:"顾影已同霜竹瘦,扪心难学石颜颓。"《漫兴》云:"白石前生原故友,苍天何地处才人。好景都随花落尽,相思常共月飞来。"《杂感》云:"春雨杏花游子梦,秋风黄叶故国心。"又《咏陈氏沉》有"关城吴王都失算,江山不要要团圆"之句,他如《送灶词》云:"风吹云驭入层霄,残月疏星去路遥。为我上天通一语,人间离别太萧条。"《咏庄烈帝[二]》云:"寿皇亭上盼烟尘,风雨煤山泣鬼神。差幸九门犹暂锁,可怜六合竟无人。御衣有字都成血,浊酒连舲惨不春。公主何辜当一剑,不将此剑斩庸臣。"谢年少翩翩,风情自负,记其《有赠》二首云:"出水芙蓉映日初,风怀恰好十三余。天然一种娇憨态,我说桃花总不如。盈盈秋水溢双眸,淡淡春山浅黛愁。不肯人前轻一笑,朱唇才启又低头。"

注:

[一] 谢小坪:谢宝臣,字小坪,云南楚雄人,生平不详。

[二] 庄烈帝:指崇祯皇帝朱由检。崇祯十七年(1644),李自成军攻破北京,崇祯于煤山自缢身亡,谥号庄烈愍皇帝,清代史书多简称"庄烈帝"。上文中"公主何辜当一剑"指相关史料记载崇祯在围城后挥剑欲杀公主,将其刺伤一事。

(六三)

宛平[一]王述先[二]公亮仕宦来滇,其人权奇自喜,慷慨好客,有庐"雅雨风瓶""寄云诗社",一时知名士无不与之盘桓。有《复雅堂初稿》若干卷,为摘其尤佳者于此,如《静坐》云:"林深知暮早，花瘦得秋多。"《晚步》云："岚光吞宿雨，夕照澹寒村。"《杨林驿》云："低云横野渡，落日抱孤村。"《即事》云："雨过竹添翠，风来花弄姿。"《途次》云："白云依古寺，红叶下秋山。"《山中》一首云："西风吹落叶，飒飒下空林。古殿烟霞色，寒潭钟磬音。云低含水气，月冷抱秋心。万籁此时寂，悠然鸣素琴。"《书感》云："奇才每受功名累，佳士偏耽水石闲。"《即景》云："鸦与晚风争古树，雁随夕照度寒云。"《登寺楼》云："白云影送客，沽酒黄叶声。"《随人上楼杂感》云："自来俗辈偏多福，未有才人不好名。理本无奇思转晦，谋因过虑悔翻多。"《下第》云："寒灯又作三年约，书剑空劳万里行。"《宿某氏园》云："泉鸣石涧夜如雨，叶落空山秋打门。"《感怀》云："孤身计只依人易，初客情如作嫁难。"《早行》云："雁与游人同早起，马驮残梦入秋山。"《南屏山》云："塞流汇走江河汉，烈火平分魏蜀吴。"《即事》云："远浦雁声随橹远，寒江人语入烟深。"《途次》云："老树权奇藤到地，乱山险恶路盘空。"《望远》云："江隔寺楼双塔远，水漫渔岸一灯凉。"皆清新俊逸可诵。又有《读孟子》一首云："千古文章老辩才，圣贤福命总堪哀。只因不道桓文事，车马年年空去来"。

注：

[一] 宛平：原河北宛平县，今北京丰台区宛平城。

[二] 王述先：字公亮，顺天府宛平人，生平不详，有《复雅堂初稿》。

（六四）

公亮诗襟豪迈，不屑一作嘤呢[一]语，有《黄河》一首云："浩浩长流万古声，乾坤一气任纵横。河神眼底无崖岸，俗世胸中见浊清。谁向禹疏[二]寻故道，好留天险护神京。请看一曲一千里，肯与凡流同性情。"又尝负咏古为擅场，余读之果然。如《楼桑村谒昭烈庙[三]》云："古帝祠前百亩苔，桑阴满地杜鹃哀。故乡草木犹王气，乱世乾坤总伯才。潢叶尚存章武[四]号，雄心未饮沛宫[五]杯。惠陵[六]易了偏安局，西望风云郁不开。"

注：

[一] 嘤呪：呪，音 wā，小孩说话声。此处指作诗不屑轻柔软弱之气，而喜声调宏大铿锵。

[二] 禹疏：传说中大禹治水时，疏通、开凿了许多条河床渠道，把洪水引入大河，然后流入大海，消除了当时的水患，称"禹疏九河"。《孟子·滕文公上》载："禹疏九河，瀹济漯而注诸海。"

[三] 昭烈庙：刘备死后谥号昭烈皇帝，昭烈庙为祭祀刘备的祠堂，位于成都。

[四] 章武：三国时蜀汉的昭烈帝刘备的年号。

[五] 沛宫：汉高祖刘邦在沛的宫室。

[六] 惠陵：刘备的陵寝，位于成都市。

（六五）

"明月难教下碧天"，往时常诵此句，而不知谁作，偶检《七修类稿》[一]，始知为韬光禅师[二]句。

注：

[一]《七修类稿》：明代郎瑛所著文言笔记小说，分为天地、国事、义理、辩证、诗文、事物、奇谑七门，许多内容为史书所阙，具较高史料价值。

[二] 韬光禅师：四川人，唐时高僧。

（六六）

刘少寅以觉非老人王兆祥[一]所画《听秋美人图》见示，轴右有寅道人陈洪奎[二]隶书，玉簬女史[三]七律四首，风神婀娜，令人一读一击节，爱而录之，诗云：

记得聘婷正妙年，相逢都在断肠天。立当秋水芙蓉妒，行近春风蛱蝶怜。有约绿窗停绣处，曾窥翠被拥灯眠。而今人离天涯外，一度登楼一黯然。

春风谁念影形单，愁绝黄昏立画栏。梦里可怜仍惜别，书来只说劝加餐。朝云悄悄红楼舞，暮雨潇潇翠袖寒。曾是离莺怨凄绝，销魂锦瑟莫频弹。

旧事思量定有因，一番情绪一番真。梨花月底难为别，柳絮风前欲暮春。拥髻更谁怜影好，画眉犹记试娇嗔。绿窗女伴休相妒，薄命而今第几人。

镜里韶华病里身，静中心事梦中春。月裁团扇传名谢，日照青楼定姓秦。蝶效双飞原可逐，珠量十斛为谁珍。年来怕认东风面，轻薄桃花解笑人。

注：

[一] 王兆祥：字履吉，又号觉非子，江都（今属扬州）人，清代画家，工写意人物，尤擅画美人。

[二] [三] 待考。

（六七）

堂弟宝仁[一]，字仲文，受业于余，时艺不工，而酷好吟咏，诗亦有可存者，如《春柳》云："曲绕羊肠芳草地，新添眉样落花天。"《早梅》云："都因山意冲寒早，恰好茅檐索笑才。"《扑蝶》云："路从花径闲穿遍，人倚雕栏细喘频。"《闲居》云："颇耐严寒炉火畔，惯尝愁味酒杯中。"《赠友》云："儿时共戏浑如梦，贫里相酬赖有诗。"《感兴》云："傲极应将青眼白^[二]，愁多惟任醉颜红。"《无题》云："纵有温存终一别，可知憔悴又三分。几分笑意樱桃破，一点相思豆蔻包。"又有"灯最多情替我愁"之句，余极赏之。

注：

[一] 王宝仁，云南昆明人，字仲文，光绪癸未科（1883）举人。

[二] 青眼白：竹林七贤之一阮籍能作青白眼，对待不同人。《世说新语·简傲》"嵇康与吕安善"条注引《晋百官名》曰："阮籍遭丧，（嵇喜）往吊之。籍能为青白眼，见凡俗之士，以白眼对之。及喜往，籍不哭，见其白眼，喜不怿而退。康闻之，乃赍酒挟琴造之，遂相与善。"《晋书·阮籍传》亦载，后半作："喜弟康闻之，乃赍酒挟琴造焉，籍大悦，乃见青眼。"后用此典，以"青眼"等表示对人喜爱、赏识；以"白眼"等表示对人轻蔑、厌恶。

（六八）

王公亮有《无题》五首云：

珠泪盈盈界粉痕，任他小语细温存。料应道破真心事，转尽秋波不肯言。（其一）

背面相思见面羞，千言诉不尽离愁。凭肩压皱罗裙褶，明月窥人影上楼。（其二）

那堪春病减容光，慵上眉心一寸黄。道是良医医不得，教郎看取昨朝方。（其三）

慵妆睡起鬓云松，拟向闲庭问落红。小雨一帘春较冷，与花一样怕东风。（其四）

香酿初开酒对斟，杯中冷暖自同心。却将醉语教人解，羞意酡颜较浅深。（其五）

五首情致缠绵，风神委宛，可以媲美次回[一]。

注：

[一] 王彦泓（1593—1642），字次回，金坛（今江苏常州）人，明末诗人，喜作艳体诗，著有《疑雨集》。

（六九）

堂叔紫卿五十初度[一]，先一日购得梅花一株，余呈诗云："明日开门童子报，先来贺客是梅花。"叔为狂喜，相与尽醉，极一日欢。

注：

[一] 初度：指生日之时。《离骚》："皇览揆余初度兮，肇锡余以嘉名"；《元史·顺帝纪八》："朕初度之日，群臣毋贺。"

（七〇）

诗中对句必须铢钚[一]悉称，不可偏重偏轻，即尹文端公[二]所谓"差半个字"之说也，堂叔紫卿有云："偶句等联姻"，可谓罕譬而喻矣。

注：

[一] 钚：音niè，古同"镊"，镊子。

[二] 尹文端公：尹继善（1694—1771），字元长，号望山，章佳氏，满洲镶黄旗人，雍正元年（1723）进士，曾官云贵总督，谥文端公。

（七一）

咏露诗罕有见者，偶阅三江试牍[一]，有方梦松[二]一联云：

"山河几代归全堂，富贵何人悟草头"，巧思浚发，不粘不脱，不意于考卷得之。

注：

[一] 试牍：试卷。

[二] 待考。

（七二）

渔洋山人[一]《秋柳》诗，惟第三首韵极难和，为其有"箱""王"二韵故也。余尝和"箱"字云："吹残羌笛闲金缕[二]，舞罢春衣迭玉箱。""王"字云："江北怨生大司马，隋堤人唱小秦王"[三]。有《春柳和二韵云》："有客画眉歌镜槛，替谁添线入针箱。三春情绪多离别，六代兴衰绾帝王。"颇为时流所赏。

注：

[一] 渔洋山人：王士禛（1634—1711），字子真，号阮亭，别号渔洋山人，山东新城（今山东桓台县）人，顺治十五年（1658）中进士，为清初一代文宗。顺治十四年曾集诸名士于大明湖，作《秋柳》诗四首，大江南北唱和者数百家。

[二] 吹残羌笛闲金缕：金缕衣意为以金丝编织的衣服，象征富贵豪奢的生活。南朝梁刘孝威《拟古应教》："青铺绿琐琉璃扉，琼筵玉笥金缕衣。"唐代乐府《金缕衣》有句："劝君莫惜金缕衣，劝君惜取少年时。花开堪折直须折，莫待无花空折枝。"

[三] 江北怨生大司马，隋堤人唱小秦王：此二句均出自唱和《秋柳》诗，因此均与柳树有关。"江北怨生大司马"用桓温"金城泣柳"的典故。《世说新语·言语》："桓公北征，经金城，见前为琅琊时种柳，皆已十围，慨然曰：'木犹如此，人何以堪！'攀枝执条，泫然流泪。""隋堤人唱小秦王"句指李世民为秦王时所作《春池柳》诗："年柳变池台，隋堤曲直回。逐浪丝阴去，迎风带影来。疏黄一鸟弄，半翠几眉开。萦雪临春岸，参差间早梅。"

（七三）

彭韵谷《咏柳》有"折腰幸不愧清时"之句，为人所赏，余谓不若其《咏秋柳》云："美人迟暮歌金缕，壮士凄凉望玉关"，音节苍凉，尤足动人。

（七四）

成都李鸿裔梅生[一]官部曹，彭韵谷为余谓其《游仙诗》云：

娜嬛福地五云居，中有蠹鱼长尺余。为他食尽神仙字，从此神仙不读书。（其一）

一双人立玉珊珊，小步瑶阶月色寒。鸾袖侍儿扶不住，手扳星斗当栏杆。（其二）

岳阳楼畔水阴阴，斜趁仙风过杳冥。忽听一声吹铁笛，洞庭湖上乱山青。（其三）

闲抛一粒走明珠，乱簸金钱散白榆。闻得御图新奉诏，今年王母赦花租。（其四）

清新俊逸，的是听明人语。

注：

[一] 李鸿裔梅生："梅生"当为"眉生"之误。李鸿裔，字眉生，四川省中江县人，己酉（1849）选拔，同治五年（1866）授徐海道，后中式北闱，入曾国藩幕，官至江苏按察使。

（七五）

甲寅闰七夕，余从堂叔紫卿开巧社，所约皆不至，惟老友聂紫庭惠然肯来，极一日诗酒之欢。至漏三下，紫卿叔得截句七首，紫庭得长律七首，余得长律七首，词一首。又：紫卿叔补和癸卯同题原韵七律二首，余与紫庭亦各依韵补和二首，中有佳句可诵者，录于此，以志一时之兴。紫庭云："下界尽将私愿乞，仙家肯使旧情疏。别来弥月情犹好，比到经年恨自消。"补和癸卯韵云："星期竟许中秋借，眼福应夸两度看。"紫卿叔云："知否尘寰犹是别，转教添得一番愁。有客偷将今夜巧，要先一月借中秋。我今要借支机石[一]，补尽人间别恨天。岂是聘钱天许赦，故教破例到银河。"补和癸卯韵云："缘从天假于教补，巧许人添莫道难。"又"缘因破格逢真少，巧到无心得最难"。余云："此夜相逢应更好，明年未必尚如今。新欢旧恨凭谁管，一水迢迢自浅深。""破格秋从三岁积，关心月替一回圆。""别恨又教明月积，奇缘定有众星夸。""离情未断连前度，盛会难逢比再生。我辈风流仍不减，今年星运竟重享。""倘许每年添一会，不妨迟我赏中秋。""离恨有天终要补，巧思无限定须添。""恰好阴晴皆不爽，须知前后总相宜。"《补和癸卯》："三旬别况回头诉，一样银河另眼看。限为天宽相见易，巧虽我与乞余难。"

注：

[一] 支机石：传说为天上织女用以支撑织布机的石头。刘义庆《集林》："昔有一人寻河源，见妇人浣纱，以问之，曰：'此天河也。'乃与一石而归。问严君平，云：'此织女支机石也。'"宋之问《明河篇》云："明河可望不可亲，愿得乘槎一问津。更将织女支机石，还访成都卖卜人。"

（七六）

张莘甫训铭[一]，滇少尉，桐城旧家也，有《藕航集》之刻，佳句层出，录一二以见一斑。《宿山寺》云："世味澹于水，禅心枯似琴。"《偶成》云:"梅花江北梦,秋雨茂陵[二]诗。"《感怀》云:"万卷史书将酒下,十年乡梦托诗寻。"《咏镜》云:"未必古今皆洞鉴,不应人我太分明。"《岳墓》云:"千秋冤狱沉三字[三],十里平湖换两宫[四]。宋陵[五]空冷冬青雪,于墓[六]同飞夏月霜。"又有《咏匕首一绝》云:"惯取头颅置革囊,径如韭叶射寒光。美人无恙男儿死,聂政[七]原输聂隐娘[八]。"莘甫诗专主风格,余喜性灵,尝戏呼余为随园大弟子。

注:

[一]张莘甫训铭:张训铭,字莘甫,安徽桐城人,任云南县典史,咸丰十一年(1861)在滇回乱中被害。

[二]茂陵:西汉武帝刘彻的陵墓,位于陕西省咸阳市兴平市茂陵村。

[三]千秋冤狱沉三字:指岳飞以"莫须有"三字被定罪杀害。《宋史·岳飞传》:"狱之将上也,韩世忠不平,诣桧诘其实。桧曰:'飞子云与张宪书虽不明,其事体莫须有。'世忠曰:'莫须有三字何以服天下?'"

[四]十里平湖换两宫:北宋灭亡后赵构登基建立南宋,迁都临安(今杭州),在江南偏安于一隅,不思励志强国,对被掳到北方的父兄和王室成员置之不顾。十里平湖,指杭州西湖,"平湖秋月"为西湖十景之一。两宫,见下文第五十一条注解。

[五]宋陵:北宋皇帝及其陪葬宗室的陵寝,位于河南巩义市。

[六]于墓:于谦之墓,位于杭州西湖边。

[七]聂政:战国时期刺客,韩国轵(今河南济源东南)人,因为民除害被追捕,偕母与姐姐聂嫈避仇于齐地,以屠狗为生。韩国大夫严仲子闻聂政侠名,与之结交。聂政为报知遇之恩,在为母送终后,替严仲子杀死仇人侠累。为避免连累姐姐,刮面刺目剖腹而死。其姐聂嫈闻讯,冒死认尸,以扬其名,后撞石而死,姐弟二人名震天下。其事见于《史记·刺客列传》及《太平御览》等。

[八]聂隐娘:唐代裴铏所著《传奇》中的女侠,魏博大将聂锋之女。

（七七）

黄进士浚[一]，字壶舟，令江西，以事戍边，莘甫述其《题称钩驿》一联云："摩空剑作雄龙语，戞壁琴为大蟹声。"殊觉奇气逼人。

注：

[一] 黄浚，当为"黄濬"，字睿人，号壶舟，浙江台州人，道光壬午（1822）进士，曾官江西，著有《壶舟诗存》，林则徐为其作序。

（七八）

"汉季曾将大厦依"，钮德淳兰[一]《舟咏诸葛草庐》句也，殊有涵盖。

注：

[一] 待考。

（七九）

娄东王敕，字秋亭[一]，诗笔清新，以《绮云阁诗集》见示，余为点正。秋亭从善如流，可见凡有才人，无不虚心也。五言如《散步》云："诗从叉手得，云恰举头看。"《雨晴》云："雨歇花犹溃，烟染柳欲沉。"《遣兴一首》云："散发还孤坐，闲身位置尊。云山新壁垒，诗酒小乾坤。虚白忽生室，红尘不到门。静中多妙悟，流水下松根。"七言如《秋夜》云："万井疏砧风入幕，一绳新雁月当头。"《春日》云："弦管悠扬榆社外，秋千摇曳柳阴西。"《竞渡》一首云："箫鼓中流酒似淮，画船日午锦云开。虹桥千里珠帘卷，笑指鱼龙曼衍来。"《咏睡鸥》一首云："一池空翠任沉浮，浪定无风不起沤。知否茫茫烟水外，忘机还要让闲鸥。"皆清逸可诵。秋亭尊人讳保大，工篆刻，能诗。

注：

[一] 王敕及其父保大均未见记载。

（八〇）

"芙蓉楼下水泠泠，一片秋光接洞庭。醉倚西风吹铁笛，绕船明月乱山青。"彭韵谷《芙蓉楼晚泊》诗也。风格既高，音节亦远，余最喜诵之。彭又有《游仙二首》云："手挽银河上紫霄，罡风特地化金桥。饶他弱水三千丈，别有通天路一条。（其一）雨花台畔雨花霏，醉倒刘蟾夜不归[一]。到手黄金齐撒尽，化为蝴蝶满天飞。（其二）"又有《栈道杂诗》数十，首摘录二首于此："料峭东风静掩门，忽闻牧笛怨黄昏。空山日暮潇潇雨，不听啼猿也断魂。""碧云遮断树杈枒，峭壁支天石磴斜。啼鸟一声微雨散，满山开遍报春花。"皆别有襟抱，神韵璆然，抗声吟之，便如食哀家梨[二]也。

注：

[一] 醉倒刘蟾夜不归：刘海蟾，名操，字宗成，号海蟾子，又字昭远，五代燕山（今北京丰台区宛平）人，全真道祖师。明代《列仙全传》中，刘海蟾曾为八仙之一，清代《通俗编》《历世真仙体道通鉴》等有相关记载。

[二] 相传汉代秣陵人哀仲所种之梨果大而味美，时人称为"哀家梨"。后常以比喻流畅俊爽之文辞。

（八一）

偶阅《侯鲭录》[一]，载南宫县[二]君钱氏一诗云："士悲秋色女怀春，此语由来未是真。若是有情相眷恋，四时天气总愁人。"

注：

〔一〕《侯鲭录》：宋代赵令畤著，杂俎类。内容多诠释名物、习俗、方言、典实，记叙时人的交往、品评、逸事、趣闻及诗词之作。

〔二〕南宫县：今河北邢台市下属南宫县。

（八二）

梁小庄〔一〕太守金诏，仕滇最久，擢首郡，遂卒任所。令嗣钟甫于余有葭莩〔二〕亲，以其先人《金台集》《壮游集》《滇海集》见示，闻将付梓，姑摘数联于此，如《感怀》云："阅世已同三折臂，相人难遇九方皋〔三〕。"《咏雪》云："把酒宜倾银凿落，征歌合唱玉玲珑。全收世界归银海，错认楼台傍玉东。"《秋闱分校》云："文章得失争千古，香火因缘结几生。"《悼亡》云："殷勤蓄旨供慈母，宛转分奁嫁小姑。"又有《咏史》四十首，沉郁顿挫，风格高骞，兹不具录。

注：

〔一〕梁小庄：梁金诏，字小庄，浙江会稽县，举人，曾令云南腾越、楚雄、宣威、广南等地。

〔二〕葭莩：芦苇杆内壁的薄膜。《汉书·中山靖王传》："今群臣非有葭莩之亲。"指关系像芦苇茎中薄膜一样淡薄，后喻关系疏远的亲戚。

〔三〕相人难遇九方皋：九方皋，春秋时人，善相马。后用以比喻善于发现人才的人。

（八三）

小庄太守尤长于无题，有《怀香集》一卷，剪红刻翠，可以媲美冬郎〔一〕，为摘偶语数四，以赓〔二〕风怀。如："也知心苦思怜子，却为愁多托恼公""断云出峡难成雨，飞絮随风尚带香""金缕裁成心百结，绿稊[三]缄罢手三熏"，皆秾纤入妙，沁人心脾，时将付梓，故不多录也。

注：

[一] 冬郎：唐代诗人韩偓（844—923），字致光，号致尧，小字冬郎，京兆万年（今陕西省西安市）人，晚唐大臣、诗人，擅作艳体诗。

[二] 餍：音 yàn，饱，吃饱，引申为满足。

[三] 绿稊：稊，音 tí，草名，形似稗，结实如小米。亦可指植物嫩芽。

（八四）

余尝有《集曲牌名无题》一首云："愁春未醒滞人娇，欲诉衷情百字谣。烛影摇红清夜月，凤凰台上忆吹箫。"堂弟仲文仿其体云："小栏干外醉红妆，恋绣衾中百媚娘。沽美酒行调笑令，一枝春到雪梅香"[一]，亦妙。

注：

[一] 诗中"滞人娇""诉衷情""烛影摇红""凤凰台上忆吹箫""醉红妆""百媚娘""调笑令""雪梅香"等均为曲牌名。这是嵌字诗的作法，即把特定字嵌于诗篇的句首或句中，形成一种独特趣味，如人名诗、地名诗、药名诗、建除诗、八音诗、六府诗等。

（八五）

顾霖舟[一]司马元勋，风才隽逸，尝以无题四首索和，云：

弱如杨柳静如兰，半晌勾留别已难。愧我着鞭非祖逖，感卿掷果到潘安。重来须定三生约，后至终迟一日观。几度凭栏正凝睇，微风吹度佩珊珊。

返观重凤莫愁门，十二楼头笑语温。红绽樱桃偷索笑，香嵌豆蔻最消魂。当筵一曲歌金缕，隔座更翻递玉尊。赚到夜深欲归去，黛眉双锁远山深。

夜深帘额扑霜华，银烛欣陪解语花。神女多清留暮雨，美人薄醉晕朝霞。羞为带绶双衔凤，不觉钗翘半堕鸦。枕上叮咛须记取，休将老大怨琵琶。

见人曼脸几回羞，好梦思量独倚楼，良夜幸陪明月枕，他年为抱小星裯。[二]

作"三日聚，酣鸳梦，带几分痴笑，虎头多谢柔情。晚风里，为侬亲着紫茸裘"。情致缠绵，耐人寻味。

注：

[一] 顾霖舟：待考。

[二] 此处当少四句未录。

（八六）

朱日藩[一]《七夕雨》诗云："不谓金齿能续断，只缘玉筋剩沾缨"，"金齿"不知所出，字亦特异。

注：

[一] 朱日藩：字子价，江苏宝应人。嘉靖二十三年（1544）进士，官至九江知府。有《山带阁集》。

（八七）

杜诗"僧来不语自鸣钟"，谓寺钟也，今则实有自鸣钟矣。

李健荄[一]孝廉名时乾，客蜀中，以《漱芳轩诗稿》见示，为摘其尤者于此，如《红叶》云："十分烂漫经霜炼，一样繁华逐水流。"《绿萼梅》云："未展芳心先绝代，便无青眼也成春。"《漫兴》云："白袷[二]微凉人似水，红灯断梦夜如年。"《感怀》云："青灯有味怜多病，白发无依悔浪游。"又《闲中》云："高槐迟月上，清梦入花深。"十字余极赏之。健荄与余同里，虚怀若谷，尝强余点定其稿，风雅中难得其人也。

注：

　〔一〕李健荄：李时乾，字健荄，昆明人，举人，生平不详。

　〔二〕白袷：音jiá，同"夹"。白袷衣，指有圆领的白色夹衣。《世说新语·雅量》"顾和始为扬州从事"篇中，刘孝标注引晋裴启《语林》："周侯饮酒已醉，着白袷，凭两人来诣丞相。"李商隐《春雨》诗："怅卧新春白袷衣，白门寥落意多违。"

（卷上终）

卷　下

（一）

杨参军幼樵[一]名恒庆，南昌名诸生，辟难来官于蜀，狂放不羁，当道多嫉之。工诗而不存稿，随得随焚，亦奇人也。夫人王氏字竹香，美而才，善画，闺房中极唱和之乐。余客蜀中，幼樵雅重余，尝醉后目余，曰："何物仓文？将毋山川怪气所生？"诗多新健之句，记其《偶成》一联云："酒梦花邀去，诗魂月带来。"又《感怀》云："人无艳福原应死，天妒红颜可不生。"下语奇颖，其丰概可想见矣。

注：

[一] 杨参军幼樵：杨恒庆，字幼樵，江西丰城人，监生，生平不详。

（二）

咏史诗必须自出新意，豁人意表方有味。同里简孝廉南屏为余诵林文忠公[一]《马嵬题壁》一绝云："马嵬坡下驻征骖，妾为君王死亦甘。抛得蛾眉安将士，人间从此重生男。"生面触开，自成绝唱。相屏亦有《题温泉》诗云："无情最是华清水，不为兴亡冷一分。"又《题梅妃图》云："三郎不解《关雎》意，孤负儿时诵二南。"意亦深厚。

注：

[一] 林文忠公：林则徐（1785—1850），谥号文忠。

（三）

"马头生晓日，鸡口落残星"，杨参军幼樵句也，酷似孟郊，余极赏之。余旧有"剑要胸中热血磨"之句，杨幼樵每诵必叹赏不置，因忆昔赠老友聂紫庭诗亦有"一剑何妨用泪磨"之句，紫庭亦极击节，然录稿时终嫌语复，善乎！袁子才诗曰："佳句双存割爱难"，可谓先得我心矣。

（四）

词有可以增减字者，如正宫之端正好、货郎儿、煞尾、中吕、混江龙、后庭花、青歌儿共七调；南吕之草池春、鹌鹑儿、黄钟尾共三调；中吕之一词双调之新水令、折桂令、梅花洒、尾声皆可以增减字数。又：凡词名同而调异者，如黄钟之水仙子；双调之水仙子；黄钟之寨儿令；越调之寨儿令；仙吕之端正好；正宫之端正好；仙吕之袄神急；双调之袄神急；仙吕之上京马；商调之上京马；中吕之斗鹌鹑；越调之斗鹌鹑；中吕之红芍药；南吕之红芍药；中吕之醉春风；南吕之醉春风皆名同而调不同。凡名异而调同者，如黄钟之红锦袍即红衲袄，绿楼春即抛球乐，双凤翅即女冠子；正宫之灵寿秋即呆骨朵，伴读书即村里秀才，黑漆弩即学士吟、鹦鹉曲，六么遍即柳稍青；大石调之归塞北即望江南，卜金钱即初问日，催花乐即擂鼓休，蒙童儿即憨郭郎；小石调之青杏儿即青杏子，亦入大石调；仙吕之金盏儿即醉金钱；中吕之红绣鞋即朱履曲，喜春来即阳春曲，朝天子即谒金门，苏武持节即山坡羊，卖花声即升平乐，亦作煞（此处原文疑有脱字）；南吕之一枝花即占春魁，元鹤鸣即哭皇天，采茶歌即楚江秋，草池春即斗虾蟆，阅金经即金字经，翠盘秋即干荷叶，亦人（此处原文疑有脱字）。中宫双调之步步娇即番桃曲，银汉浮槎即乔木杳，落梅风即寿阳曲，雁儿落即平沙落雁，得胜令即阵阵赢、凯歌回，水仙子即凌波仙，即湘妃怨，冯夷曲、殿前欢即凤将雏，即小凤孩儿，滴滴金即甜水令，折桂令即蟾宫曲，即秋风第一枝，即大春引、步蟾宫，汉江秋即并荆襄怨，荆山子即侧砖儿，捣练子即前胡捣练，沽美酒即琼林宴，驸马还朝即相公爱，挂玉钩即挂搭拍，醉娘子即醉也摩挲，小拜门即不拜门，慢金盏即金盏儿，拨不断即续断弦，也不罗即野落索；越调之调笑令即含花笑，秃厮儿和小沙门、寨儿令即柳营曲，三台印即鬼三台，商调之梧叶儿即知秋令，般涉调之脸儿红即麻婆子，急曲子即促拍令，耍孩儿即魔合罗。以上诸条皆囊，与彭铨曹韵谷论后各举所见，汇而书之，以备诗余之助。

（五）

钱酉生宝荣[一]学诗于余，一日忽得"蝶去怜花瘦，蝉鸣觉树幽"之句示余，余为拍案叫绝。

注：

[一] 待考。

（六）

窦侍御兰泉[一]侨寓锦城[二]，每过从，辄为余诵德化蔡太史梅庵[二]诗才醇粹，为海内正宗，记其《咏史》二语云："裂缯声里忠臣泣，知是山河破碎声"，余极赏之。数日后获与梅庵相见，雅相推许，出所刻《梦绿草堂诗钞》见赠，几于无字不珠，迥迈流辈。大集盖已不胫走矣，但就续集摘录一二者，以志苔岑之契[三]。如《观音堂夜坐》云："古雪黏天白，高峰压户青。"《新开岭》云："石骨不受土，峰头时触天。"《过观音碥》云："潭深龙聚族，石怒虎窥人。"《登朝天关楼望嘉陵江》云："江水千寻奔足底，巴山万点落胸前。"《谒姜平襄祠[四]》云："深心岂肯降司马[五]，大胆真应比子龙[六]。"《谒武侯祠》云："旌旗北伐臣心壮，羽翼西归汉运终。当日有才兼将相，此来无泪岂英雄。"皆戛戛独造，不屑为庸近语。蔡名寿祺，庚子编修，以军功晋修撰，亦异数也。

注：

[一] 窦侍御兰泉：窦垿，字子坫，号兰泉，云南罗平人，道光己丑年（1829）进士，官江西道监察御史、贵州知府等。

[二] 蔡太史梅庵：蔡寿祺，原名殿济，字梅庵，四川德化人，道光庚子年（1840）进士，改庶吉士，授编修，有《梦绿草堂诗钞》。

[三] 苔岑之契：晋郭璞《赠温峤》诗："人亦有言，松竹有林。及余（尔）臭味，异苔同岑。"后以"苔岑"指志同道合的朋友。

[四] 姜平襄祠：指蜀汉时期名将姜维的祠堂，在今四川省芦山县。姜维（202—264），字伯约，凉州天水郡（今甘肃省天水市）人，三国时期蜀汉著名军事家。诸葛亮、费祎死后，姜维总领蜀汉军权，并先后11次伐魏。死后谥号平襄侯。

[五] 深心岂肯降司马：深心，指姜维深解兵意，心存汉室。诸葛亮《又与张裔蒋琬书》："姜伯约甚敏於军事，既有胆义，深解兵意，且心存汉室。才兼于人。"司马：指司马懿。

[六] 大胆真应比子龙：关于姜维有"胆大如斗"之说。《三国志·姜维传》："维妻子皆伏诛。"裴松之注引《魏晋世语》："维死时见剖，胆如斗大。"子龙，指赵云，《三国演义》中有刘备对其评价："子龙一身是胆也！"

（七）

余访筹边楼[一]故址，得句云："似此楼台非泛设，于今将相执边才。"蔡梅庵极赏之，遂与余定交。常（疑为"尝"）邀余遍游川中，且劝入都，代偿舟车之费，并选余诗百余首付梓，余以亲老不克从，亦恨事也。

注：

[一] 筹边楼：位于四川理县薛城镇，唐李德裕为西川节度使时所建，为唐代名楼。

（八）

直隶李米山刺史，名嘉年，铁梅[一]先生弟，宦粤西，转饷来川，遂相款洽。李豪宕不羁，纵情诗酒，与余吟笺迭和者累月，初见时即谓余："闻君善诗，仆有咏纸钱十字：鬼趣穷如此，人情薄可怜。颇佳否？"余称赏之，李忻然有喜色。

注：

[一] 铁梅：李嘉端，字吉臣，号铁梅，大兴人，道光八年（1828）举人，九年联捷成进士，改翰林院庶吉，曾任云南学正，官至翰林院侍讲。其弟李嘉年，字米山，生平不详。

（九）

摩尼旅店有海粟主人《过雪山关》题壁七古一首云："一山直上十余里，怪石巉崖凌空峙。拂袖芙蓉十丈青，万壑荒烟奔脚底。山灵轩豁呈笑颜，须风髯雨空蒙里。行人笑语诸天惊，但觉阊阖近尺咫。宫阙隐现浮金碧，波涛腾翻战蛟鲤。回看千嶂小于萍，红霞如输荡胸起。我行五月火云热，到此尘纷净于洗。便思挥手驾长风，卧看天际冰夐启。吁嗟乎！求仙若待赤松子[一]，绿发无人白云死。"通首气势清矫，沁人心脾，余过此亦有七古一首，愧弗如也。

注：

[一] 赤松子：神话传说中的仙人。《淮南子·齐俗训》《列仙传》等载其事。

（十）

杨家街店中题壁云："宦游遍西蜀，驿路又南津。斜照远笼水，落花飞趁人。全家同雪柳，故国久烟尘。拟作归峨醉，村醪[一]唤买鞻[二]。簿领[三]年年困，瓜期[四]幸偶还。雨疏才湿路，云薄不藏山。士马几时息，人才终日闲。何因学农圃，乡梦托刀还。"诗意清腴可爱。余步韵和之，次题壁上，作者署名徐衫霞，都昌[五]人。

注：

[一] 村醪：农家人酿的酒。醪，音 láo，汁渣混合的酒，即酒酿。引申为浊酒。

[二] 颦：音 pín，笑的样子。

[三] 簿领：音 bù lǐng，谓官府记事的簿册或文书。此处指仕途。

[四] 瓜期：原文作"瓜斯"，当为"瓜期"之误。瓜期，指明年瓜熟时期。后指任职满期，到时派人接替。语出《左传·庄公八年》："齐侯使连称、管至父戍守葵丘。瓜时而往，曰：'及瓜而代。'"后用以指官吏任期届满。有时亦谓女子出嫁之期。

[五] 都昌：今江西省都昌县。

（十一）

武进钮蘅甫[一]诗才清妙，官蜀中州佐[二]，余过简州[三]，见其题壁《无题》四首，深情韵语，不可多得。适余方昵某校书，遂用共韵和至四次。比至成都，遍访其人，则已奉公出矣，为怅然者久之。特录原作于此，以为他日雪泥鸿爪之印。诗云：

沉醉蘼芜睡海棠，情怀如此费商量。马蹄踏处迷芳草，燕子归来怅夕阳。春在枝头皆幻影，酒浇花底惜韶光。屏山十二[四]都无路，冷露无烟易断肠。

小红楼外雨如丝，记得相逢未嫁时。怕看绿杨牵旧恨，悔抛红豆惹相思。流霞有影花应妒，春梦无痕鸟不知。一片芳心空怅望，那堪重唱定情诗。

情波脉脉意迢迢，人在江南第几桥。万里乡心无赖月，一灯残梦可怜宵。眉峰黛远曾亲画，心字香浓忆其烧。白板柴扉须记取，凭栏珍重为吹箫。

  咫尺蓬山未许寻，漫将芳怨托瑶琴。已无环佩通消息，敢说珠珍寄好音。笑我浮云游子意，怜他芳草美人心。闲愁莫向东风诉，漳水桃花一例深。

注：

[一] 生平不详。

[二] 州佐：指州郡地方官的副职，别驾、治中、主簿等。

[三] 简州：今四川省简阳县。

[四] 屏山十二：四川省宜宾市下属屏山县，有屏山十二景。

（十二）

  蘅甫兼善填词，常^[一]题资州^[二]店壁《太常引》一阕云："寒宵对影一灯挑，倚枕太无聊。春思又迢迢，极目处，山遥水遥。二分明月一分烟雨，何处教吹箫。清减沈郎腰^[三]，禁不住断魂暗消。"又《如梦令》一阕云："笑指远峰天际，不尽迢迢客意。马上一吟，身消受风斜雨细。归去，归去，莫作三春飞絮。"皆善作悱恻缠绵语，使人一读一击节^[四]也。

注：

[一] 常：此处应为"尝"之误。

[二] 资州：资州，蜀中古地名。清代资州包括现在内江、资中、资阳等地。

[三] 沈郎腰：指沈约腰围减带之事。沈约欲以老病之由辞官，便言说自己身体日渐消瘦。《南史·沈约传》："初，约久处端揆，有志台司，论者咸谓为宜，而帝终不用。乃求外出，又不见许。与徐勉素善，遂以书陈情于勉，言己老病，'百日数旬革带常应移孔，以手握臂，率计月小半分'。欲谢事，求归老之秩。"后常用作男女因情思而引起的病瘦。

[四] 击节：打拍子。晋左思《蜀都赋》："巴姬弹弦，汉女击节。"《晋书·

乐志下》："魏晋之世，有孙氏善弘旧曲，宋识善击节唱和。"后引申为形容十分赞赏。《三国志·马良传》："良留荆州，与亮书曰：'……此乃管弦之至，牙旷（古琴师伯牙、师况）之调也。虽非钟期，敢不击节。'"宋代陈亮《题〈喻季直文编〉》："四君子者尤工于诗，余病未能学也。然皆喜为余出，余亦能为之击节。"

（十三）

傅梦崖名霖，不知何许人也，余过邛州[一]，见其题壁一首云："帘卷西风瘦不支，隔墙遥见酒家旗。美人名士皆黄土，只有青山似旧时。"余读而好之，次题云："一曲求凰唱未真，鹔裘[二]典尽独伤神。我今落魄风尘里，输与临邛卖酒人[三]。"

注：

[一] 邛州：邛，音 qióng，邛州即四川省邛崃县，又别称临邛。

[二] 鹔裘：shuāng qiú，指鹔鹴裘。用鹔鹴皮毛所做的外套。鹔鹴，鸟名，雁的一种。颈长，羽绿。

[三] 临邛卖酒：指司马相如落魄之事。寡居的卓文君和司马相如一见钟情，携手私奔。后因生活所迫，二人回到临邛卖酒。

（十四）

荥经[一]旅店有亡名氏题壁《浪淘沙》词二阕云：

绣被半床闲，冰透谁怜，夜长单枕悄无眠。任是兰篝熏不暖，错怨吴棉。唤酒忆家园，欢笑团圆。小红格子小屏山，蜡照温存窗网密，那觉宵寒。

客邸怕黄昏，绣被谁温。夜长单枕梦难成。无那空阶经夜雨，滴尽残更。四壁送寒砧，更杂秋声。深闺应念未归人，料得灯花频问卜，屈数归程。

意婉而语新，南唐妙选也。署名曰"扬州浪游子"。

注：

［一］荥经：四川省荥经县。

（十五）

刘少寅侨寓泾南[一]，余尝以秋兴寄意，少寅和章至佳句迭出，为摘其尤，以志离云别树[二]之感，如："宦味错尝须聚铁[三]，乡书珍重似遗金""长材谁抱匡时略，小草空怀报国心""凄迷颇怨秋多雨，肃杀空闻夜有霜"，语意沉厚，可谓善学老杜矣。

注：

［一］泾南：蜀地古县名，唐贞观年间置，治今四川省泸州市南，今属泸州。

［二］聚铁：用聚铁铸错之意。聚铁铸错，《五代史》："聚六州四十二县铁，铸一个错不成。"形容错误无可挽救，此处应为悔入仕途之意。

［三］离云别树：古人常以云树比喻朋友阔别远隔。杜甫《春日忆李白》："渭北春天树，江东日暮云。"白居易《早春西湖闲游怅然兴怀寄微之》诗："云树分三驿，烟波限一津。翻嗟寸步隔，却厌尺书频。"辛弃疾《鹧鸪天·送人》："浮天水送无穷树，带雨云埋一半山。"高启《读周记室〈荆南集〉》诗："生别犹疑不再逢，楚天云树隔重重。"

（十六）

客成都时，家叔紫卿屡以寄怀诗代札，如《赐和》云："老犹怀刺真堪笑，贫到无锥转不愁。蜀道本难休叱骏，杜鹃相劝合回头。"盖余先有寄呈家叔"吟诗有债花为券，垂老逃禅雪满头"之句也，又"却因离别频添梦，肯为饥寒误用愁"，两押"愁"字，俱工。

（十七）

李米山司马最喜迭韵，与余凡九次和章，犹悻悻然有余勇可贾^[一]，记其数联云："心情似水交原澹，韵险如山步益高""妻孥未种平安福，幞被相从跋涉劳""书爱右军^[二]悬腕熟，诗宗学士捻髭劳^[三]""新诗难和疑唐律，壮志全消愧孟劳^[四]"。

注：

[一] 余勇可贾：谓还有未尽的勇气和力量。语出《左传·成公二年》："齐高固入晋师，桀石以投人，禽之，而乘其车，系桑本焉。以徇齐垒，曰：'欲勇者，贾余余勇。'"杜预注："贾，卖也。言己勇有余，欲卖之。"后以"贾勇"为鼓足勇气之意。

[二] 右军：东晋书法家王羲之，字逸少，祖籍琅琊（今属山东临沂），后迁会稽山阴（今浙江绍兴），晚年隐居剡县。历任秘书郎、会稽内史，领右将军，因此后世称王右军。

[三] 捻髭：捻弄髭须，多形容沉思吟哦之状。

笺：

唐代诗人卢延让《苦吟》有句："莫话诗中事，诗中难更无。吟安一个字，捻断数茎须。"后以"捻断数茎须"作为苦吟诗人之形象比喻。此处言"诗宗学士"，应是指作诗宗尚孟郊、贾岛一类精思苦吟之习，学士虽未言明为谁，但应是借用王勃"腾蛟起凤，孟学士之词宗；紫电青霜，王将军之武库"中"孟学士"之称来代指孟郊。

[四] "孟劳"，古代名刀。《穀梁传·鲁僖公元年》："公子友谓莒挐曰：'吾二人不相悦，士卒何罪？'屏左右相搏。公子友处下，左右曰：'孟劳！'孟劳者，鲁之宝刀也。公子友以杀之。"

（十八）

杨幼樵参军官棉州[一]，以诗简见寄，盖原稿已焚，此系默识录出者，诗虽寥寥，而麟角凤毛，固无事求多为也。《舟次》云："山暝钟初动，风凉客正归。"《边将》云："阵马吹沙怒，关云拥剑寒。"《万县题壁》云："二十年来燕赵客，三千里外楚吴舟。谁知北马南船后，野店孤灯又益州[二]。"《无题》二首云："梧桐叶落飘金井，缺月入帘照孤影。唧唧寒蛩啼露华，幽花夜照红颜冷。露湿流萤草根歇，青林漠漠鹃啼血。夜深古径不逢人，峨眉空对西山月。"《有赠》云："翠袖金杯酒共倾，笑侬艳福不分明。纱窗月上清歌起，姊妹花中坐听莺。鸳鸯交颈浴情波，粉腻脂香唤奈何。瑶枕月来清似水，幽情瞒不过嫦娥。"《忆旧游》云："秣陵[三]两度系归舟，歌管分明记俊游。六代江山扶客醉，半天风月画春愁。乌篷买醉谁邀笛，红袖禁寒尽倚楼。说与诸君应妒煞，百花生日到扬州。"又尝柬余一联云："良友无多原共命，故乡归去亦余生。"每一诵之，辄爽然若失。

注：

[一] 棉州：当为"绵州"之误，现四川绵阳市。

[二] 益州：古地名，泛指四川省一带，秦时设置巴郡和蜀郡，汉时为益州郡，包括今四川、重庆、陕西南部及云南西北部。三国时刘备在益州建立蜀汉政权，唐时改剑南道，后不复称益州。

[三] 秣陵：南京的古称。

（十九）

江阴[一]钱越圣牧，余堂妹倩[二]也，有《明妃曲》一首云："掖庭[三]忽降承恩诏，绝域难归报主身。但愿君王勤尚德，不妨臣妾奉和亲。平沙漠漠胡天月，塞柳毵毵[四]异国春。长使匈奴持汉节，云台须画玉颜人。"忠厚蕴蓄，得风人之旨矣。

注：

[一] 江阴：江苏无锡下属县级市，明清时属常州府。

[二] 堂妹倩：指堂妹之夫。钱牧其人生平不详。

[三] 掖庭：指宫中旁舍，妃嫔、宫女所住之地。《后汉书.班固传》："后宫则掖庭、椒房，后妃之室。"李贤注引《汉宫仪》："婕妤以下皆居掖庭。"

[四] 毵毵：音 sān sān，毛发、枝条等细长垂拂、纷披散乱之貌。《诗经·陈风·宛丘》有"值其鹭羽"句，陆玑疏："白鹭，大小如鸱，青脚高尺七八寸，尾如鹰尾，喙长三寸许，头上有毛十数枚，长尺余，毵毵然与众毛异。"唐·刘商《柳条歌送客》："毵毵拂人行不进，依依送君无远近。"

（二〇）

宁州[一]老友刘仲鸿家逵[二]，寄庵先生[三]令侄也，诗有家法，《红树山庄诗草》中佳句层出，为摘一二于此。五言如《山游》云："湖光林际白，山色酒边青。"《晓发》云："残月鸡声坠，孤城水气吞。"七言如《宿友人舍又》云："闲里心情惟恋酒，客中诗句半怀人。"《游近华浦[四]》云："两行春柳凉于水，十里湖烟化作云。"《不寐》云："月恋客孤明到枕，鼠欺人静暗移灯。"《落叶》云："寒翻日影鸦争树，碎踏秋声鹤到门。"均清真有致，可谓得家学渊源矣。

注：

[一] 宁州：今云南玉溪华宁县。

[二] 刘仲鸿家逵：刘家逵，字仲鸿，云南宁州人，好读书，工为文章，弱冠补县学弟子员，受经五华书院，以学行见称。著有《红树山庄诗草》《黔游草》等。

［三］寄庵先生：刘大绅（1747—1828），字寄庵，宁州人，乾隆三十七年（1772）进士，历任山东新城、曹县、冠县、福山等地县令、青州同知、武定府知府等职，以母老归养，任昆明五华书院山长，年八十二卒于家，著有《寄庵诗文钞》。

［四］近华浦：位于云南省昆明市今大观楼景区。

（二一）

俞雪岑在泾上^[一]以《梅隐山庄诗抄》见寄，复摘数四，以志离云别树之感，《怀某上人^[二]》云：“禅心贪水月，诗味饱烟霞。”《杂兴》云：“醉观史册灯无焰，梦到沙场剑有声。”《感怀》云：“离家身免妻孥累，结友恩同骨肉深。”又：“人无灏气诗难壮，胸有奇愁酒不浇。”俞有《寄公亮宝剑行》七古一首，豪宕可诵，诗云：“三尺宝剑铸生铜，缠以蛟螭蟠以龙。精光炯炯贯白日，出手毛发森寒风。邯郸游侠幽并^[三]儿，问尔何足当英雄。古来豪杰竟谁是，聂政荆轲今已死，惟有王郎^[四]可佩此。”

注：

［一］泾上：应指四川夹江县青衣江东岸泾上。《旧唐书·地理志·夹江县》：“旧治泾上，武德元年移于今治也。”民国《夹江县志》卷1：“千佛岩上有‘古泾口’三大字。”

［二］上人：对持戒严格并精于佛学的僧侣之尊称。

［三］幽并：幽州和并州，约当今河北、山西北部和内蒙古、辽宁的部分区域，其俗尚气任侠，因借指豪侠之气。

［四］王郎：该诗为《寄公亮宝剑行》，“公亮”上文已注，为其友人王公亮，文中多次出现，因此此处“王郎”当为王公亮。

（二二）

王公亮出亡友洪亦山遗集相示，复摘录数四于此，以志人琴之感[一]。如《哭友》云:"作鬼有才还自负,游仙无偶向谁论。"《牡丹》云:"纵有丹青难写照,从无雅俗不知名。"《道中》云:"崖峭石将坠,天高星可摩。"《长沙谒贾傅[二]祠》云:"忧危国事病根见,清白臣心湘水知。"《梅花》云:"香因太冷人难赏,样不翻新格自奇。"均可诵也。

注:

[一]人琴之感:指对逝去亲友之怀念。《世说新语·伤逝》:"王子猷、子敬俱病,而子敬先亡。子猷问左右:'何以都不闻消息?此已丧矣。'语时了不悲。便索舆来奔丧,都不哭。子敬素好琴,便径入,坐灵床上,取子敬琴弹,弦既不调,掷地云:'子敬子敬,人琴俱亡。'因恸绝良久。月余亦卒。"

[二]贾傅:指贾谊(前200—前168),少有才名,文帝时召为博士,迁太中大夫,后谪为长沙王太傅,故后世亦称贾长沙、贾太傅。三年后被召回长安,为梁怀王太傅。梁怀王坠马而死,贾谊深自歉疚惊惧,抑郁而亡,年三十三岁。

(二三)

景东[一]刘黼斋司训,韫斋中丞[二]弟也,持一团扇,有诗佳绝,询之,为韫斋典试楚中所得士,余甚爱之,《述怀》二首云:"先生一席冷青毡,惭愧年来薄俸钱。谁识酒肠今已腐,广文司业[三]了无缘。闭门自拥百城书,尚有庭前问字车。北面小侯无易此,谪仙空向夜郎居[四]。"又《题画二首》云:"好风吹雨到林巅,草树承恩拜舞先。亟为人间洗烦溽,不随陡作出山泉。林峦掩霭障层空,云气阴阴树气浓。且待晴虹开霁后,始知天外有高峰。"此二首寄托尤为深远,洵乎吟坛凤手矣。作者为黄孝廉,名益增。

注：

[一] 景东：今云南省普洱市下属景东县。

[二] 韫斋中丞：刘琨，字韫斋，云南景东厅人，进士，官至湖南巡抚。其弟黼斋生平不详。

[三] 司业：司业，学官名，隋以后设置于国子监，为监内副长官，协助祭酒主管监务。

[四] 谪仙空向夜郎居：谪仙指李白，李白曾在安史之乱中效命永王李璘，后永王被定谋逆罪，李白因此被流放夜郎。夜郎，西南古国，今属贵州境。

（二四）

"衣上酒痕游子泪，床前明月故乡心"，近人某感怀句也，葛子鉴[一] 参军为余诵之。

注：

[一] 待考。

（二五）

葛子鉴参军名观民，山阴人，砚食[一] 滇中，诗最工而不存稿，在匡城[二] 与余昕夕[三] 倡和，旋即弃之，亦奇人也。见余集诗话，以花笺一幅投余，云："己亥间尝游圆通寺[四]，见《题壁七绝》四首云：

> 杨花到处舞轻棉，独倚栏干小院前。最是春光容易老，游人争趁卖饧天。

> 香车小试乐关心，绿漾平畴草色深。寂寞韶华风雨急，薄寒无那酿春阴。

> 游兴难教镇日闲，春来事事总心关。繁华暂借东风主，

· 143 ·

检点幽情看晓山。

　　试罢新妆独倚楼，端无燕子唤人游。春山难怪常如笑，分尽眉峰万点愁。

　　字法亦极婉媚，后署清河女史竹君留题。遍访卒无知者。"

注：

［一］砚食：文人恃文墨为生，故谓砚为"砚田"，砚食指卖文为生。

［二］匡城：古县名，今云南宜良县。

笺：

"匡城"一名，另有多地古时亦称此名，一为今河南长垣县，唐时属开封府滑州；一为河南商丘市睢县之匡城，历史悠久，《战国策》《左传》皆有记载；另有云南祥云县、宜良县亦有古匡城之称。祥云县古时亦称云南县，因唐贞观年间曾在祥云置匡州，而有古匡城之名。民国初云南县县长路承熙《云南县竹枝词》有"古匡城下柳如烟，疏密成行断复连"之句。此外，宜良亦称古匡城，据郑祖荣《宜良风物》，《元史·地理志》误载宜良在唐代为匡州地，后称宜良为"古匡州""匡城"等，今宜良县城之南山因亦称匡山，宜良县城尚保留匡远镇和匡远街等名，在现存宜良碑刻中，亦称宜良为匡城。综上所述，此处"匡城"应指云南宜良县，原因有二：其一，上文提到其友人砚食滇中，与自己昕夕唱和，因此"匡城"在滇中无疑；其二，下文第二九条言及剑川杨玉溪"司铎匡城，余客宜时，昕夕与共"，此处"宜"即指云南宜良县，因后文诗作有篇名为《游岩泉寺》，岩泉寺位于宜良，因此匡城当指宜良无疑。

　　［三］昕夕：朝暮，指终日。

［四］圆通寺：位于昆明市圆通街，始建于唐朝南诏时代，为昆明历史最悠久寺院之一。

（二六）

山阴钱伯心名福增[一]，圣牧妹倩之兄也，为人风情蕴藉，以名术游滇，士大夫争客之，善画而工诗，尝为兰沧[二]何绣针校书[三]画桃花帐，额系以诗云："一别桃源路已赊[四]，美人香梦隔天涯。他年返棹天台去，只恐云迷洞口花。"

注：

［一］生平不详。

［二］兰沧：指澜沧江，流经云南香格里拉、保山、西双版纳等地，文中兰沧不知确切为何地。

［三］校书：汉时设置的官职，称校书郎中，三国后为秘书校书郎，属秘书省。唐时乐伎薛涛有才名，依附节度使韦皋时，韦爱其才，拟向朝廷奏请封其为"校书"，未果。唐王建写有《寄蜀中薛涛校书》诗，有句："万里桥边女校书，枇杷花里闭门居。"后"女校书"遂为歌女雅称，亦简称校书。

［四］赊：遥远之意。王勃《滕王阁序》："北海虽赊，扶摇可接。"唐·戎昱《桂州腊夜》："坐到三更尽，归仍万里赊。"

（二七）

葛子鉴为余言，在会泽时检一旧纸，有《咏不倒翁》七律三首，失作者姓名，寄托遥深，可传可诵。余亟欲一见，子鉴遍翻箧笥[一]，始寻出，余读之果然。诗云：

谁将茧纸卷重重，染出须眉淡复浓。虽受推排仍鹄立，岂因潦倒便龙钟。颠危不倩扶持力，辗转原无去住踪。为语儿童休玩亵，也曾身受一丸封。

是翁文采亦风流，举动还教顾虑周，到处总须求立脚，逢人那肯辄低头。盘旋空作翻身想，俯仰终无失足忧。任尔便便夸腹笥，此中空洞物无留。

小立人前任所之，几曾偃仰复栖迟。漫夸黄土抟人巧，最爱苍颜被酒时。随处排挤徒自苦，毕生劳碌有谁知。纷纷一蹶悲难起，此老公然独力支。

注：

［一］箧笥：音 qiè sì，指放置物品的竹器。

（二八）

子鉴又诵某《咏烟草诗》数联云："酒到停杯常伴我，诗当搁笔最思君。""燥湿每随天气转，氤氲常供篆香飘。"又"家贫供客无他物，除却茶汤只剩渠"，均熨贴得妙。

（二九）

杨玉溪，剑川人，名永清，司铎[一]匡城，余客宜时，昕夕与共，致相得也。尝以《友竹斋诗草》强余点定，人慷慨有侠气而虚怀若谷，于此可见。为摘数联以志苔岑。五言如《客中》云："秋光忽已暮，孤客尚天涯。薄宦身兼仆，神游梦到家。一林风落叶，数朵雨添花。杯酒闲看菊，同扶醉影斜。"《游岩泉寺》诗云："石秀顽都活，林深气似秋。"七言如《送王梅村同年南归》云："闻君不日渡滹沱[二]，游子依依怅若何。万里归心随雁影，三秋别恨付骊歌[三]。人间风月乡关好，我辈光阴旅店多。食肉谁云无此相，毛锥[四]有用莫蹉跎。"《有感》云："天与闲身容老拙，人非知己戒疏狂。"又"将官当隐仍忧国，有子无才懒析薪[五]。"又"春来烟景常如旧，老去风情渐觉无。"《答友》云：

"宦味已随春梦杳，浮名只合醉乡湮""愁怀未饮常如醉，老拙无能竟学痴。"均沉厚有味，可传可诵。

注：

[一] 司铎：明清时府学教授、州学学正、县学教谕等学官之别称。

[二] 滹沱：音 hū tuó，水名，滹沱河，在今河北西部。

[三] 骊歌：音 lí gē，指离别时所唱之歌。先秦有《骊驹诗》（乐府诗集有载）："骊驹在门，仆夫具存。骊驹在路，仆夫整驾。"意为骏马已到路上，奴仆已整好车驾，表示主客即将分别。后以骊歌为别离之歌。

[四] 毛锥：用毛遂自荐的典故。毛遂将自己比喻为放在布袋中的锥子，才华迟早能显露。《史记·平原君虞卿列传》：平原君曰："先生处胜之门下几年于此矣？"毛遂曰："三年于此矣。"平原君曰："夫贤士之处世也，譬若锥之处囊中，其末立见。今先生处胜之门下三年于此矣，左右未有所称诵，胜未有所闻，是先生无所有也。先生不能，先生留。"毛遂曰："臣乃今日请处囊中耳。使遂早得处囊中，乃颖脱而出，非特其末见而已。"

[五] 析薪：指继承父业。《左传·昭公七年》："古人有言曰：其父析薪，其子弗克负荷。施将惧不能任其先人之禄。"《三国志·魏书·钟繇华歆王朗传》："王朗文博富赡……王肃亮直多闻，能析薪哉！"

（三〇）

咏淮阴[一]诗佳者指不胜屈，近人某有"早知死后终烹狗[二]，悔不功成再钓鱼"。佳矣！不若孙髯翁[三]一绝云："举头吊韩信，低头怨漂母[四]。饿煞淮阴儿，兔为几上俎。"用意尤愤激。余师吴溶疆先生一绝云："漂母壶飧饷贱贫[五]，娥姁钟室剪元臣[六]。可怜一代无双士，生死惟凭两妇人[七]。"跟前语未经人道，尤觉擅场。

注：

[一] 淮阴：指韩信。韩信为淮阴人，曾封淮阴侯。

〔二〕早知死后终烹狗：用"兔死狗烹"之典故，指韩信助刘邦得天下之后，被刘邦杀害。语出《史记·越王勾践世家》："范蠡遂去，自齐遗大夫种书曰：'飞鸟尽，良弓藏；狡兔死，走狗烹。越王为人长颈鸟喙，可与共患难，不可与共乐。子何不去？'"

〔三〕孙髯翁：孙髯，字髯翁，号愿庵，原籍陕西三原，随父宦滇，流寓昆明，以诗名。

〔四〕漂母：《史记·淮阴侯列传》中一个漂洗丝絮为生的老妇人，韩信早年穷困落魄之时，漂母曾馈赠其饭食。

〔五〕漂母壶飧饷贱贫：指漂母馈赠饭食给韩信一事。壶飧，以壶盛装的汤饭熟食。《左传·僖公二十五年》："晋侯问原守于寺人勃鞮，对曰：'昔赵衰以壶飧从径，馁而不食。'故使处原。"

〔六〕娥姁钟室剪元臣：指刘邦之皇后吕雉设计在长乐宫钟室杀害韩信一事。娥姁，吕雉的字。《史记·淮阴侯列传》：吕后欲召，恐其党不就。乃与萧相国谋，诈令人从上所来，言豨已得死，列侯群臣皆贺。相国绐信曰："虽疾，强入贺。"信入，吕后使武士缚信，斩之长乐钟室。信方斩，曰："吾悔不用蒯通之计，乃为儿女子所诈，岂非天哉！"遂夷信三族。

〔七〕生死惟凭两妇人：指漂母和吕雉两人，一人救助了韩信使其生，一人使其死。

（三一）

卢生诗[一]惟"四十年中公与侯"一首脍炙人口，亡友刘喜农云："功名本是男儿事，可惜卢生在梦中。"严秋槎[二]参军云："世人争及[三]卢生福，富贵才完便得仙[四]"，用意俱新。家大人北上亦曾题壁云："自笑此生无好梦，大睁两眼过邯郸"，尤觉沉厚有味也。

注：

〔一〕卢生诗：指吟咏卢生的诗。卢生，上文第二一条有注，汤显祖《南柯记》中人物。

[二] 严秋槎：严廷中（1795—1864），字幼卿，号秋槎，又号岩泉山人、红豆道人，云南宜良人，诗人、词人、曲家。

[三] 争及：怎及。

[四] 富贵才完便得仙：指卢生在梦中经历富贵，醒后即随吕洞宾修道而去。

（三二）

葛子鉴参军亦有《题〈邯郸梦〉传奇》一绝云："四十年来不自知，黄粱一枕费猜疑。世人竞羡卢生梦，我羡卢生梦醒时。"识解既超，亦复感慨无穷，余戏翻其案云："落魄风尘亦可哀，睡魔相戏任疑猜。枕头便是蓬壶[一]路，此梦何须更醒来。"子鉴为之绝倒。

注：

[一] 蓬壶：即蓬莱，古代传说中的海上仙山，因山形如壶器，故名。晋王嘉《拾遗记》卷一："三壶，则海中三山也。一曰方壶，则方丈也；二曰蓬壶，则蓬莱也；三曰瀛壶，则瀛洲也。形如壶器。"

（三三）

满城[一]许岳微紫陵，余同社友也，有《绛雪楼诗草》若干卷，佳句层出，如《郊夜》云："一水断烟外，万山明月中。"《红崖道中》云："老树根枯藏穴鼠，深林叶碎走霜狐"，极为同流激赏。许后官广通[二]令，死难，同社惜之。

注：

[一] 满城：今河北保定市满城县。许紫陵生平不详。

[二] 广通：云南古县名，位于云南楚雄境内，南方丝绸之路滇洱段的重要驿站，元时属南安州，明清改属楚雄府，今为云南禄丰县广通镇。

（三四）

余客泸州^[一]，每忆同社张隽卿大令诗云："水通巴峡声先壮，山近江陵色更青"，真是绝唱。

注：

［一］泸州：今四川省泸州市。

（三五）

孙竹雅^[一]太守^[二]有《昆明竹枝词》一首云："芦荻花开海子秋，谁家携酒大观楼^[三]。东山云送西山雨，金马碧鸡^[四]相对愁。"余极喜诵之。孙，呈贡人。

注：

［一］孙竹雅：孙清彦，字竹雅，云南呈贡人，廪生，工诗善画，由军工授知府，有惠政。

［二］太守：州郡最高行政长官，战国时设置，南北朝后称为刺史，明清改为知府。

［三］大观楼：位于云南昆明市区，始建于清康熙年间，为中国名楼。

［四］金马碧鸡：指今昆明境内金马山和碧鸡山，为昆明历史最悠久的名山胜地之一。云南自古有金马碧鸡的传说，在汉代已见于文献记载：《汉书·郊祀志》记"或言益州有金马碧鸡之神，可醮祭而致，于是遣谏大夫王褒使持节而求之。"碧鸡山即昆明西山。《景泰重修云南图经志》："碧鸡山，在郡城西周围十数里，峰峦碧色，石壁如削，下瞰滇池，为诸山之最。……昔有碧凤翥于此，讹为碧鸡，因以名山。"金马山与之遥遥相对。《景泰云南图经志书·山川·金马山》："金马山。在城东十里许，山不甚高而绵亘东南数十里。有长亭，其下为关，曰金马关。旧传有金马隐现其上，因与碧鸡齐名。今城南三市街有'碧鸡''金马'二坊，盖表其为一方之甚也。然二山皆有祠。汉宣帝神

爵元年，修武帝故事，闻益州有金马、碧鸡之神，遣谏议大夫王褒持节祀之。褒至蜀，惮其路遥，望而祭之，故今成都亦有'碧鸡''金马'二坊，盖诸本此也。"

（三六）

王公亮以湘江女史白素君[一]《雨翠亭诗》一册示余，录其《秋夜》一首云："碧天如水雁声孤，露冷霜寒落井梧。买得红丝千万缕，挑灯亲绣感秋图。"丰神绝世，可想见其人矣。

注：

[一] 不详。

（三七）

皖江[一]女史金韵霞秀芝，适[二]通守[三]刘君熙斋仲怀[四]，精音律，娴吟咏，有《鸣琴阁诗钞》若干卷，清丽可诵，为摘数四于此。五言如《夏日》云："湿云沉树色，急雨乱苔斑。"《雨后》云："鸟声犹带雨，云气半遮山。"《即景》云："空翠不知处，开门山欲来。"七言如《感怀》云："人以琴书消艳福，天将巾帼限奇才。"《咏陈沅》云："皈佛真同薛校书[五]，贰心早识高千里[六]。"《寄外》云："一肩东道怜行李，九月南山怨采薇。"又《七夕词》云："聘钱十万偿难尽，大富空酬郭令公[七]"，意想令人失笑。《明妃怨》云："如何富有中原土，偏吝黄金赎美人。"《白秋海棠》云："想因血泪当时尽，滴向秋阶总不红。"均意思新颖，风韵璆然[八]。熙斋，河南人，余同社友也。

注：

[一] 皖江：安徽境内长江沿岸地区，清代一般指安庆。

[二] 适：女子出嫁。

[三] 通守：州郡长官的副职，清代称通判。

[四] 刘君熙斋仲怀：刘仲怀，河南人，字熙斋，历任云南黑井提举、东川府知府，有《怡秋馆诗钞》。其妻金秀芝及《鸣琴阁诗钞》无考。

[五] 皈佛真同薛校书：薛校书指薛涛，见上文第二六条。薛涛晚年看破红尘，潜心修道。

[六] 高千里：唐代后期将领高骈，字千里。唐名将高崇文孙，早年为朝廷屡立战功，后期割据一方。

[七] 大富空酬郭令公：郭令公，指唐代名将郭子仪。此处用郭子仪"大富贵亦寿考"之典。民间有传说郭子仪年轻时屯兵，七夕之夜在米脂北方巡夜，遇天降织女，赐郭"大富贵亦寿考"，郭最终官至一品，儿孙满堂，福寿齐天。《旧唐书·郭子仪传》亦赞其："富贵寿考，繁衍安泰，哀荣终始，人道之盛，此无缺焉。"

[八] 璆然：音 qiú rán，形容佩玉相击声。

（三八）

尹时泉[一]司马为余诵《马嵬题诗》一绝云："鼓鼙声中翠辇迟，君王何苦太情痴。六军也有红颜妇，忍见娥眉宛转时。"用意婉至。余亦寄题五首，内一首反其意云："千秋我作平心论，跋扈将军薄幸郎[二]。"时泉为之绝倒。

注：

[一] 尹时泉：待考。

[二] 跋扈将军薄幸郎：跋扈将军指安史之乱期间禁军首领陈玄礼，薄幸郎指唐玄宗。安禄山叛军攻进长安时，唐玄宗带领群臣和后妃外逃，军至马嵬驿时，陈玄礼鼓噪禁军骚乱，逼迫唐玄宗赐死杨贵妃。

（三九）

白小芳[一]，蜀中名妓，有《咏白茶花》一首云："十年托足在红尘，末路场中第一人。不着风流空色相，偏从蕴藉见精神。繁华转眼成何物，冷淡枝头别有春。请看隆冬霜雪里，犹余三尺岁寒身。"吐属甚佳。葛子鉴参军为余诵之。

注：

〔一〕白小芳：不详。

（四〇）

葛子鉴大令砚食薇垣[一]，案牍之暇，风雨过从，吟啸相得。尝检旧作焚，余《偶存诗集》示余，属为点定，已代丹黄[二]成帙，将付梓矣。兹复摘数四于此，以志诗缘。如《秋闺月》云："征雁到南楼，清砧处处秋。闺中一片月，分照旅人愁。"《登苍山顶》："呼吸通天处，苍云接太空。飞泉终日雨，落叶满山风。古雪开幽径，秋心醉晓枫。边城悬足底，隐隐落霞红。"《闲居》云："抛残金线廿年中，自笑鸳鸯绣未工。辛苦为人甘作嫁，丝纶输与老渔翁。"《寄内》云："梅花风里坐更阑，百种乡愁一夜攒。爱日庭前虚奉养，隔年书到问平安。韭盐异地同茹苦，椒酒何时共博欢。邻叟无端闻笑语，封侯那及乐团圆。"五言断句中如《梦中得句》云："幽台兰渚客，落日故园情。"《道中》云："蛮语寒逾急，天容曙渐红。"《望月》云："逆旅晚风冷，清砧秋露寒。"《登亭》云："诗思同流水，生涯类转蓬。"七言断句中如《青草》云："王孙有约归应早，士女如云画未成。"《春柳》云："虢国初描眉黛浅[三]，小蛮[四]新试舞腰轻。"《留别》云："春风丽水吟怀畅，秋雨苍山别梦浓。"《憎泉》云："空自出山同覆水，何曾济世赖慈航[五]。"《无题》云："画蛇笑彼频添足[六]，闭户嗟余枉造车[七]。"《忆菊》云："满城风雨闲携酒，一角园亭署款秋。"《种菊》云："三径香泥亲手灌，一帘秋雨称心开。"《问菊》云："冷绝岂能人尽赏，秋期何事尔偏迟。"《残菊》云："风霜阅尽怜君傲，诗酒相寻悔我迟。"子鉴风雅绝伦，虚怀若谷，常出稿乞余点定，余为删改成帙，从善如风流，风雅中之性情交也。

注：

[一] 薇垣：指布政司。唐开元元年改称中书省为紫微省。简称微垣。明洪武九年改中书省为承宣布政司，亦沿称为微省或微垣。清初亦称布政司曰微垣或微署。故明清时常以微垣称相当于中书省的中枢机构或布政司。

[二] 丹黄：旧时点校书籍用朱笔书写，遇误字，涂以雌黄，故称点校文字的丹砂和雌黄为丹黄。

[三] 虢国初描眉黛浅：虢国，指虢国夫人，唐玄宗时宠爱杨贵妃，封其姊为虢国夫人。张祜有诗《集灵台》其二刺虢国夫人："虢国夫人承主恩，平明骑马入宫门。却嫌脂粉污颜色，淡扫蛾眉朝至尊。"

[四] 小蛮：白居易的舞妓名，身材纤细，善舞。唐·孟棨《本事诗》有记："白尚书姬人樊素善歌，妓人小蛮善舞，尝为诗曰：'樱桃樊素口，杨柳小蛮腰。'"

[五] 慈航：佛教语，谓佛、菩萨以慈悲之心度人，如航船之济众，使脱离生死苦海。梁萧统《开善寺法会》诗："法轮明暗室，慧海度慈航。"白居易《渭村退居寄礼部崔侍郎翰林钱舍人诗一百韵》："断痴求慧剑，济苦得慈航。"

[六] 画蛇笑彼频添足：画蛇添足，画蛇时给蛇添上脚，比喻做事多此一举，反而有害无益。语出《战国策·齐策二》："楚有祠者，赐其舍人卮酒。舍人相谓曰：'数人饮之不足，一人饮之有余。请画地为蛇，先成者饮酒。'一人蛇先成，引酒且饮之，乃左手持卮，右手画蛇，曰：'吾能为之足。'未成，人之蛇成，夺其卮曰：'蛇固无足，子安能为之足？'遂饮其酒。为蛇足者，终亡（wú）其酒。"

[七] 闭户嗟余枉造车：闭门造车，出自《景德传灯录·余杭大钱山从袭禅师》："问：'闭门造车，出门合辙，如何是闭门造车？'师曰：'造车即不问，汝作么生是辙？'"《续传灯录·端裕禅师》："一法不堕尘缘，万法本无挂碍……直饶恁么，犹是闭门造车，未是出门合辙。"原意"闭门造车"是称赞"出门

合辙"，比喻做事符合客观规律，后语义发生变化，比喻做事不考虑客观情况，脱离实际，只凭主观想象办事。

（四一）

子鉴断句中又有《即事》云："危途经惯身忘险，久客归来路觉长。"余极赏之。五言又有"山亭秋气爽，幽径好花多"之句。

（四二）

葛子鉴《弹琴》一首云："一曲筝琶靡靡音，绿槐高处任长吟。虽然不入时人耳，能得熏风解愠心。"寄托固自不凡。"见说秦人总避秦，千秋犹忆武陵春[一]。若教世上无苛政，底事仙源有隐沦。靖节偶存逃世想，大康谁是葛天民[二]。桃花无语愁如水，我欲扁舟一问津。"识解超旷，不落庸近，葛子鉴诗也。

注：

［一］见说秦人总避秦，千秋犹忆武陵春：用陶渊明《桃花源记》事。武陵渔人因迷路误入桃花源，乃知为秦人为避时乱隐居于此，生活安居乐业。

［二］靖节偶存逃世想，大康谁是葛天民：靖节，陶渊明，世称靖节先生。葛天，上古时代葛天氏部落，善歌舞，史载其舞乐反映了葛天氏之民安居乐业的生活。《吕氏春秋·古乐》云："昔葛天氏之乐，三人操牛尾，投足以歌八阕：一曰载民，二曰玄鸟，三曰遂草木，四曰奋五谷，五曰敬天常，六曰达帝功，七曰依地德，八曰总万物之极。"

笺：

诗作者为王宝书好友，二人同处清代末世，国步艰难，社会动荡，此诗通过书写对桃花源之向往，反映了作者及友人对于自己身处乱世的感叹，寄寓治世之理想。

（四三）

子鉴《咏天台》一首云："泪洒桃花别玉真[一]，神仙原不染情尘。天台已到犹归去，刘阮终非出世人[二]。"

注：

[一] 玉真：本指道教神仙，南朝陶弘景《真灵位业图》中有"太上玉真保皇道君"，后"玉真"常指仙女，也用以比喻美女。

[二] 天台已到犹归去，刘阮终非出世人：指刘阮天台山遇仙之传说。南朝宋刘义庆小说《幽明录》记，刘晨、阮肇二人同入天台山采药，遇二女子，留居半年辞归。及还乡，子孙已历七世。后二人又离乡，不知所终。唐·曹唐有诗《刘阮再到天台不复见仙子》："再到天台访玉真，青苔白石已成尘。"

（四四）

葛子鉴有《戒烟诗》云："万朵芙蓉入梦鲜，笑他倚竹学长眠。并非玉液何容咽，且把冰心对此煎。一点死灰成劫火，百年事业皆云烟。人间那有云霄契，此榻何妨竟日悬。"讽刺绝伦，可谓婉而多风矣。

（四五）

偶阅《韵在轩笔记》[一]，有僻耽山人灵修庭士[二]《咏便壶》诗云："一般受辱淮阴胯[三]，千载含冤智伯头[四]。"又"冤生蚕室[五]终相弃，妒到鸾闺[六]亦见容。"又："锦衾角枕身加锡，纸帐梅花器用陶。"又："耐交略可呼房老，妙合真能作瓦全。"题虽鄙俚，而生发无穷。又有《咏鞋杯[七]》云："百罚莫辞刚半折，一巡初遍又重兜。遮莫[八]便生弓影虑，费卿情重为勾留。"均佳。

注:

〔一〕《韵在轩笔记》:"韵在轩"当为"韵鹤轩"之误。清代道光年间有佚名所著《韵鹤轩杂著二卷·笔谈二卷》。

〔二〕僻耽山人灵修庭士:不知为何许人,《韵鹤轩杂著》中有数次提及,但生平不详。

〔三〕一般受辱淮阴胯:用淮阴侯韩信少时胯下受辱之事。《史记·淮阴侯列传》记:"淮阴屠中少年有侮信者,曰:'若虽长大,好带刀剑,中情怯耳。'众辱之曰:'信能死,刺我,不能死,出我胯下。'于是信孰视之,俯出胯下,蒲伏。一市人皆笑信,以为怯。"此处用戏笔写便壶于韩信之用。

〔四〕千载含冤智伯头:智伯,名瑶,又称智襄子,春秋末年晋国四卿之一,被晋国三大夫赵襄子、魏桓子、韩康子联手消灭,并瓜分了晋国。赵襄子因仇恨智伯,将其头颅做成夜壶泄愤。《史记·刺客列传》:"及智伯伐赵襄子,赵襄子与韩、魏合谋灭智伯,灭智伯之后而三分其地。赵襄子最怨智伯,漆其头以为饮器。"

〔五〕蚕室:古代执行宫刑及受宫刑者所居之狱室。司马迁《报任安书》:"李陵既生降,隤其家声,而仆又佴之蚕室,重为天下观笑。"《后汉书·光武帝纪》:"诏死罪系囚,皆一切募下蚕室。"李贤注:"蚕室,宫刑狱名,宫刑者畏风,须暖,作窨室蓄火如蚕室,因以名焉。"

〔六〕鸾闱:鸾,传说中凤凰一类的神鸟,鸾闱指宫中公主的居室。唐代徐彦伯《奉和送金城公主适西蕃应制》有句:"凤宸怜箫曲,鸾闱念掌珍。"

〔七〕鞋杯:又名双凫杯、金莲杯。指置杯酒于缠足妇女之弓鞋内,载以行酒。宋郑獬《觥记注》:"双凫杯,一名金莲杯,即鞋杯也。"

〔八〕遮莫:有多重义,此处应为"尽管、任凭"之意。

(四六)

亡友谢小坪同年有《下第》诗云:"一窗苦雨诉秋蛩,落第风光写大工。漫说空群来冀北,不堪归路梦江东。断机^[一]发渐高堂白,问字灯犹旧馆红。愁病已深时已去,暗将热泪洒西风。"哀婉不可卒读。

注：

[一] 断机：孟母断机教子之事。《列女传·邹孟轲母》载："孟子之少也，既学而归。孟母方绩，问曰：'学所至矣？'孟子曰：'自若也。'孟母以刀断其织。孟子惧而问其故，孟母曰：'子之废学若吾断斯织也……'孟子惧，旦夕勤学不息。"

（四七）

孙吉人清士，呈贡廪生[一]，诗思清丽，常出稿相示，为摘其尤于此，如《春晚独坐》云："半日鸟不语，有时花自飞。"《龙泉观》云："寒生千嶂月，性定一声钟。"《谒杨文宪[二]祠》云："春闺恨织回文锦[三]，戍客愁簪满鬓花。"《老树》云："腹空人避雨，叶尽鸟移家。不觉雪霜苦，时开三两花。"《登废阁》云："岩影低压寺，湖光高过坡。"《马龙道中》云："田荒知岁苦，山瘦觉民贫。"《曲靖道中》云："一径红穿花背出，万山青向马头看。"《登城》云："长空一鸟渡，落日四山阴。"《即景》云："乱山残照外，秋色断鸿边。"《野店》云："土床近牛马，人语杂鸡豚。"《途客》云："时艰转觉依人好，秋老何堪见雁分。"《秋夜》云："残月挂高牖，一蛩鸣破墙。"《山中》云："一径入黄叶，四山皆白云。"《咏艾人》云："无病也知身是药，不才应愧草为人。"《早发》云："孤灯残梦醒，斜日乱山低。"《偶成》云："风过得花态，窗晴多鸟声。"《别弟》云："家贫为客早，世乱觉身轻。"均清隽有味。孙又有《闻雁》一律云："孤雁下空庭，长空万里青。不堪愁里雁，况是愁中听。老屋霜痕重，孤灯酒味醒。中原正多事，让尔独冥冥。"《古别离》一首云："君看大道旁，谏果[四]何离离。谏果有回味，君行无定期。"《破庙》一首云："一堂古佛坐秋雨，碎瓦颓垣满地愁。前殿后殿冷香火，东间西间支破楼。镇日无人风悄悄，满庭败叶声飔飔。黄昏如闻土偶语，四百八十成荒邱。"又《秋夜》一首云："秋声不在树，阶下一蛩鸣。独客他乡梦，寒灯此夜情。愁心正摇落，絮语何孤清。高枕不能寐，披衣待晓明。"《到家》一首云："不敢说危险，全家但喜归。弟争骑老马，妻劝换征衣。幸有还家日，方知作客非。高堂慰白发，絮语坐庭帷。"尤不失清真之旨，可传可诵。吉人，故孝廉，菊君诗人族弟也。

注：

〔一〕呈贡廪生：呈贡，今云南昆明呈贡区。廪生，明清两代经岁、科两试一等前列者，由公家给以膳食的生员。又称廪膳生。

〔二〕杨文宪：明诗人杨慎。

〔三〕回文锦：织有回文诗的锦缎，为十六国前秦时期窦涛妻首创，后代指女子表达对丈夫的思念与深情之诗篇。《晋书·列女传·窦滔妻苏氏》："窦滔妻苏氏，始平人也，名蕙，字若兰。善属文。滔，苻坚时为秦州刺史，被徙流沙，苏氏思之，织锦为回文旋图诗以赠滔。宛转循环以读之，词甚凄婉，凡八百四十字，文多不录。"

〔四〕谏果：橄榄的别名。元王祯《农书》卷九："橄榄生岭南及闽广州郡……其味苦酸而涩，食久味方回甘，故昔人名为谏果。"

（四八）

黎木庵明府讷[一]有句云："健忘只应求益智，浪游何处觅当归。"又云："著书心事蝇钻纸，画地功名兔守株。"均妙。

注：

〔一〕黎木庵：黎讷，广东顺德人，举人，曾任浙江萧山知县、云南浪穹知县等。

（四九）

仲文弟自陆凉[一]归，以诗就质，喜其有进境，为摘数四。如

《旅夜》云："清梦不来风刺骨，客愁欲诉月如眉。"又："性懒不妨耽午睡，病深先自虑秋凉。"《感兴》云："阮籍囊空羞作客，维摩榻小好参禅。"《偶成》云："老树无风仍落叶，秋灯听雨忽开花。"《即事》云："秋笛有风音便远，夜灯无月影偏明。挈瓶赊酒增贫况，搜箧加衣慰客情。"《杂咏》云："谋食幸闻丰岁屡，好名渐觉少年非。"《客中遇雪》云："天许贫民欣聚米，人思风趣学烹茶。寒生纸帐难成梦，身近红炉便是家。"《七夕》云："万古良缘天作合，一场别泪雨惺忪。"均清雅不俗，得隽永之味。

注：

［一］陆凉：今云南陆良县。

（五〇）

弟《七夕诗》六首选一云："补天石是望夫山，一水迢迢隔佩环。作嫁情怜游子惯，穿针心替美人关。神仙恐被多情误，诗酒难逢此夜闲。遮莫西风清到耳，吹他私语下尘寰。"通首格律情景俱佳，可诵也。

（五一）

仲文弟甫娶妇弥月，即客陆凉，有《寄内》一律云："愁中心绪病中身，准拟归来季子[一]贫。衣本无多知耐冷，书须常检莫生尘。樽前别我犹新妇，花底思君胜故人。珍重高堂承色笑，漫因离恨见眉颦。"语贯而情至，余谓之曰："诗本性情，如此庶不失风人之旨也。"

注：

［一］季子：用苏秦游说秦王不成，落魄而归之事形容自己的困窘。《战国

策·苏秦始将连横》："说秦王，书十上，而不为用，资用匮乏，去秦而归。负书担橐，形容枯槁，面目黧黑，状有归色。"

笺：

"季子"一词，有多重含义。一为年龄最小之子，一般指春秋时鲁桓公幼子季友，鲁僖公时曾任鲁国之相；另为春秋时吴王寿梦幼子季札之尊称，相传季札为避王位"弃其室而耕"，以贤德闻于世；另有战国时期纵横家苏秦，字季子。苏秦心怀抱负，学习纵横之术，反复游说秦王，不为所用，落魄而归。结合上文诗之语境，季子为苏秦之指更恰当。

（五二）

刘熙斋通守以《怡秋馆诗钞》强余改正，益信古诗人靡不虚怀若谷也。归稿后仍录数四于此，以志良朋求友之意。如《驿夜》云："啼乌落月千村梦，快马轻刀万里身。"《郊游》云："钟响马边寺，霞生山外村。"又："沾袖露无色，渡溪星有声。"《晓渡》云："滩声驱石怒，潮势挟山飞。"《道中》云："江流天际白，山色马头青。"《有感》云："倾国几人多福命，奇才天下半销沉。"《夜坐》云："庭余残暑知秋浅，天转明河觉夜深。"《山行》云："日寒千嶂树，风挟万山钟。"《即景》云："寺荒僧拾菌，春暮蝶争花。"均清隽有味，不可多得。

（五三）

刘有《秋夜登楼怀友》一首云："寒夜不成眠，登楼月乍圆。霜痕明万瓦，秋色接三边。对此光无际，因之思渺然。感君宿荒驲，竟夕别愁牵。"又《送兄》云："十年才聚首，万里又长征。骨肉难为别，穷荒况送行。云深大庾岭[一]，春满赵佗城[二]。去去何时到，秋风计雁程。"《马嵬坡》一首云："茂马仓皇幸蜀都，山青水碧玉人殂[三]。闻铃[四]岂独君王怨，十万征人尽旷夫。"《玉阶怨》云："禁院无人到，秋萤尚入帷。忍将纨扇扑，让汝玉帘飞。"《咏岳忠武[五]》云："正期恢复旧河山，宰相和戎诏忽班。冤狱竟凭三字定[六]，君心惟恐两宫还[七]。西湖水冷荒坟在，北国秋高战垒闲。千载孤忠忘不得，空将铸像列神奸[八]。"《出门》一首云："未遂桑弧志[九]，如何远别频。庭帏恋慈母，定省托闺人。顾我无昆季，劳卿奉夕晨。出门便忍泪，无那是家贫。"《寺中小憩》云："暝色动萧寺，晚烟漾清回。微雨洗山月，光含松树顶。白露堕空林，一鹤梦初醒。寻僧问苦禅，石上烹清茗。"数作均气格浑成，情景独到，宦途中未易才也。

注：

[一] 大庾岭：亦名梅岭，位于赣粤两省边境。

[二] 赵佗城：西汉初年岭南南越国之都城，在今广东省乐昌县一带，乐昌别称"佗城"。南越国为岭南地区第一个封建王国，为地方性政权，由赵佗在西汉初期所建，赵佗自称"南越武帝"。其后臣属西汉。

[三] 殂：死亡。此处指杨贵妃死于马嵬坡。

[四] 闻铃：洪昇《长生殿》有《闻铃》一出，写唐明皇逃亡途中登蜀中剑阁避雨，听到雨声与檐前铃铎之声相和，不禁心中凄然，想起杨贵妃之死，闻铃声而断肠。

[五] 岳忠武：岳飞，谥号"忠武"。

[六] 冤狱竟凭三字定：指岳飞被以"莫须有"之罪杀害。

[七] 君心惟恐两宫还：两宫，指宋徽宗、宋钦宗，在靖康之难（1127年金兵攻破北宋都城东京，进行烧杀抢掠，北宋灭亡）中随同后妃、皇子、宗室、贵卿等数千人被一同掳掠至北方，后在北方惨死。此处指宋高宗杀害岳飞是担心其打败金国后迎回徽、钦二宗，威胁到自己的天子之位。

[八] 空将铸像列神奸：指岳飞昭雪后，在其墓前铸造秦桧等奸臣跪像之事。

[九] 桑弧志：指男儿志在四方，有所作为之抱负。语出《礼记·射义》：
"男子生，桑弧蓬矢六，射天地四方。天地四方者，男子之所有事也。"桑弧蓬
矢：用桑木做弓，用蓬秆做箭。

（五四）

赵韵谷[一]有《戒烟》一联云："屈指几人能白首，伤心此物
比乌头。"甚隽。

注：

[一] 赵韵谷：待考。

（五五）

张惺阶启辰[一]，蜀进士，宦于滇，尝作《滇中杂咏》云：
"乐府远从骠国[二]献，才人多自蜀中来。"可称新切。

注：

[一] 张惺阶启辰：张启辰，字星阶，四川宜宾人，咸丰壬子（1852）进
士，金分云南知县，历署江川、河阳、弥勒、师宗、富民五县，迁景东同知，
有《沤榭诗钞》。此处"惺阶"当为"星阶"之误。

[二] 骠国：骠，音 piào，古国名，今缅甸境内。

（五六）

记得童时，有马少尉寄居余家西厅，有楹联云："应门童子
低于鹤，当户梅花老过人。"句有斤两，惜不忆其名。

（五七）

滇盐使沈朗珊先生寿榕[一]，浙之海昌[二]人，生于蜀，初官

贰尹^[三]，频年囊笔为大府赞军事，以功洊^[四]至今阶，加布政使^[五]衔，膺花翎、勇号^[六]，亦异数也。沈耽吟嗜酒，狂放不羁，以十年前识余，雅相倾倒，常以新柳诗相斣^[七]，迭和无虚日。近以全集见示，为摘录一二，以谢知音之雅。如《咏秋叶》云："渐着霜痕先赐紫，偶因风势便飞黄。酒人乍醉容如画，贫女无衣补更忙。"《观物诗·咏龙》云："匣中双剑有时化，颔下一咏如此圆。"《观我·咏老》云："夕阳虽好黄昏近，明镜其如白发何？"又"诗律几人宗杜甫，将才终古忆廉颇。"《咏死》云："文章功业到头处，儿女英雄撒手时。"又云："烦恼消除蝉蜕壳，姓名传播豹皮留^[八]。"《咏春草》云："缘何远志犹名草，已入穷山况送人。"又云："斜日西来红欲染，大江东去碧无情。"又："关河道阻行偏远，雨露恩深报或迟。"《咏秋草》云："不信断肠犹有药，相思到口便成烟。"皆能寄托遥深，风情蕴藉。沈与余均脱落形骸，不夷不惠^[九]，人皆以狂目之，沈自呼为疯汉，呼余亦为疯汉云。

注:

[一] 沈朗珊："朗珊"当为"朗山"误，沈寿榕，字朗山，号意文，浙江海宁人。曾任云南盐法道等职。有《玉笙楼诗录》。

[二] 海昌：今属浙江省海宁市。

[三] 贰尹，指唐代州府副职少尹。少尹，从四品下，掌贰府州之事，故称"贰尹"。后亦作为县令副职县丞别称。

[四] 洊：音 jiàn，再次。

[五] 布政使：清朝一省之行政长官，相当于现在一省之长。

[六] 膺花翎、勇号：膺，接受，荣获。花翎，指清朝官员礼帽上装饰的羽毛。清朝的顶戴花翎是官员身份的重要象征。顶戴之上有顶珠，顶珠下还有翎管，翎管里会安插翎枝，皆表示官职和身份。花翎是孔雀羽，分单眼、双眼与三眼，用以颁赐给五品以上文武官员及宗室，翎眼越多说明功勋越高。勇号，

清朝奖励武官通常分为几等功勋，如一等勇、二等勇，此处花翎、勇号未言明等级，但可知其受到了朝廷的嘉奖。

　　[七] 嬲：音 niǎo，意为戏弄，纠缠。

　　[八] 豹皮留：豹子死了，皮留在世间，比喻将好名声留于后世。《新五代史·王彦章传》："豹死留皮，人死留名。"

　　[九] 不夷不惠：意为不做伯夷，亦不学柳下惠，喻折中而不偏激。

（五八）

　　简南屏[一]农部[二]为秀才时，与吾齐名，且皆出桑百侪[三]尚书门下，丁巳[四]丁忧，复与战友襄城守事。今年余应京兆[五]入都，待酒相招，均有沧桑之感，盖垂别者几二十年矣。出近作《农部集》相示，为摘其尤。如《壬戌礼闱发榜志喜》云："客路十年偏老大，春风一第补蹉跎。"《差次》云："万里一身成久客，四方多事愧闲曹。"《旅馆》云："急雪侵书幌[六]，层冰冻砚池。"《偶成》云："愁摧短发纷纷落，贫觉初心事事违。"《种竹》云："万里乡心正愁绝，愿君日日报平安[七]。"《赠人》云："乡国乱余常作客，英雄老去半逃禅。"《游慧云寺》云："山月照人贪夜坐，槛风吹雨作秋凉。"《春晓入直》云："珠勒马鸣看按辔，玉阶人簇听宣麻[八]。千门晓色摇宫柳，百辟青衣落禁花。"《喜家人至》云："远来且喜身犹健，久客从今梦始安。"又："双鬓时凋伤老境，一家重聚感余生。"《同人作》云："交亲话旧情偏热，贫宦携家累更多。"《道中》云："车声喧乱石，人语答空山。"《丁沽道中》云："边月几人见，海风终夜鸣。"又："鹭立空潭水，驼鸣野渡烟。"皆戛戛独造，不输作者。

　　注：

　　[一] 简宗杰，字敬甫，号南屏，别号居敬斋主人，云南昆明人。咸丰二

年（1852）举人，同治元年（1862）进士，曾任户部郎中等职。

[二] 农部：即户部郎中。清代官员好用古称，因而又称吏部尚书为太宰，侍郎为少宰；户部尚书为大司农、大司徒，侍郎为少司农、少司徒。简曾任户部郎中，许是主管屯田、稼穑等与农业有关事务，因此称农部，因在宋时屯田司即有"农部"之称。

[三] 桑百侪：桑春荣（1802—1882），字柏侪，山阴（今绍兴）人，寄籍直隶宛平。道光壬辰年（1832）进士，历翰林院编修，河南道、四川监察御史、云南临安知府、贵州按察使、云南布政使、云南巡抚、刑部尚书等官职。

[四] 丁巳：指咸丰七年（1857）。

[五] 京兆：京都地域的名称。此处应指赴京兆尹的考试。

[六] 书幌：书帷，亦指书房。南朝刘孝绰《〈昭明太子集〉序》："犹临书幌而不休，对欹案而忘惓。"

[七] 报平安：此诗为《种竹》，诗中有"报平安"之语，用"报竹平安"之事。唐·段成式《酉阳杂俎·支植下》："童子寺竹：卫公言北都惟童子寺有竹一窠，才长数尺，相传其寺纲维（主持僧），每日报竹平安。"后以比喻报平安的家信。

[八] 宣麻：指朝政大事。唐、宋时任免宰相、对外战争等重大事件，皆由翰林学士以麻纸书写皇帝诏令，在朝廷宣布，称宣麻。《新唐书·百官志一》："开元二十六年，又改翰林供奉为学士，别置学士院专掌内命。凡拜将相号令征伐皆用白麻。"

（五九）

吴门[一]蔡福，田小兰[二]大令之兄也，有《咏鼻烟》诗二律，极工致。如"良朋互结心香契，居士曾参鼻观禅""怯寒直透元关秘，话别能教急泪倾"，均妙。余常和作，诗载集中。

注：

[一] 吴门：一般指苏州。苏州为春秋时吴国都城，故称。

[二] 蔡福，田小兰：二人均生平不详，待考。

（六〇）

小兰名踵武，宦于滇，官少尉，洊推大令。惊才绝艳，诗、书、画兼擅三长。与余过从时，其犹子[一]桐珍尚未及髫，以贫病终于滇，士大夫皆悼之。桐珍字琴仲，为余弟子，持一册以来，盖其伯父逐日记事所手录者，其中间附吟咏，因选摘之，以志人琴之感。如《感旧居》七首之一云："酒社诗坛迹已虚，当年裙屐[二]意何如？瓶花紫竹都无恙，几个儿孙读旧书。"语意沉着。

注：

［一］犹子：关系密切的侄子或侄女，视同儿子一般。语出《论语·先进》："回也视予犹父也，予不得视犹子也。"

［二］裙屐：音 qún jī，束裙着屐。原指六朝贵游子弟的衣着，后泛指富家子弟装束时髦。

（六一）

"公子头生红缕肉，将军铁杖白莲肤"[一]，宋人咏猪肉包子诗也，语太奇诡，反失真意，不可为训。

注：

［一］语出宋代岳珂《馒头》诗。

（六二）

蔡桐珍父鸿道[一]，字砚丞，宦粤西，卒于镇安[二]同知任。桐珍[三]庶出，甫七离随生母依其伯小兰大令。时滇乱作，小兰亦旋殁。薪桂米珠[四]，濒于死者数四矣。初以糊口计，为某刺史服役，余见之，讶其风范不俗，力请之于刺史，于是从余者且八年。

性绝慧，见余诗画及书，八分必窃仿焉。馆某太守时，案牍劳形，珍从旁亦必瞰学，有未知，必再四叩问，虽厌呵勿避也。因询家世，始知为故人犹子，先大夫亦怜爱之，虽供洒扫，视若子弟行，暇给笔砚，日课之，珍颇能解悟，由是略知书。家益贫而事母孝，每有所赉[五]，悉以奉母，以故愈得上下欢。年稍长，请辞去，感余拔置，幸不失身厮养。中从师习什一[六]、权子母[七]，如凤成，然又出为裨佐，司书记，因以小康。今岁秋执贽来，修弟子礼，呈一册，盖其自作诗也，求为改。窜（此处当为"窃"之误）笑披之，殊不成章，而在在有真意，乃为之点正，辄诚服于心。偶阅邸抄[八]，知其伯兄戚好皆在荆楚，力求为入楚地。适余拟明年计偕[九]北上，许挈其母子同行，代筹资费，珍益感激涕零。盖余意始终成全之，且系故人子，吴中右族[十]，故尤不无领袖之后望焉。诗如《秋夜》云："破壁寒灯影，空阶落叶声。"《野宿》一绝云："一鞭落日下荒村，石径盘纡客到门。小院无人天欲暝，梅花香里月黄昏。"皆楚楚有致，望而知其有夙慧云。

注：

[一] [三] 待考。

[二] 镇安：今陕西商洛下辖县。

[四] 薪桂米珠：柴贵如桂木，米贵如珍珠，形容物价昂贵，生活困难。《战国策·楚策三》："楚国之食贵于玉，薪贵于桂，谒者难得无如鬼，王难见如天帝，令臣食玉炊桂，因鬼见帝。"蒲松龄《聊斋志异·司文郎》："都中薪桂米珠，勿忧资斧。舍后有窖镪，可以发用。"

[五] 赉：音 lài，意为赏赐、赠送。

[六] 什一：以十博一。《史记·越王勾践世家》："（范蠡）候时转物，逐什一之利。"后因以"什一"泛指经商。

[七] 权子母：谓国家铸钱，以重币为母，轻币为子，权其轻重而使行，有利于民。后遂称以资本经营或借贷生息为"权子母"。

[八] 邸抄：专门用于朝廷传知朝政的文书和政治情报的新闻文抄。

[九] 计偕：指举人赴京会试，语出《史记·儒林列传序》："郡国县道邑有好文学、敬长上、肃政教、顺乡里、出入不悖所闻者，令相长丞上属所二千石，二千石谨察可者，当与计偕，诣太常，得受业如弟子。"司马贞《史记索隐》："计，计吏也。偕，俱也。谓令与计吏俱诣太常也。"

[十] 右族：豪门大族。语出《晋书·石苞列传》："欧阳建字坚石，世为冀方右族。雅有理思，才藻美赡，擅名北州。""右"在古代通常代表重要或尊贵。

（六三）

　　钱圣牧妹丈尝游秦晋，入都应举不第，今夏南归，盖与余别已十有二年矣。出稿相示，诗境大进，几于无字不凝，无句不炼，是能于生辣中独辟径庭者。所谓剥肤存液，惜墨如金者也。亟检阅之，录数四，以志别后苦吟之概。如《昭通道中》云："黑水全趋蜀，蛮山不过江。"《寄内》云："别携泪来双袖雨，晓风吹满一衿[一]秋。"《偶成》云："诗来同舍诮，山当美人看。"《读〈汉武内传〉》云："瑶池阿母乘青鸟[二]，侍女如花驾羽轮[三]。十二神方能却老[四]，后宫偏死李夫人[五]。"《赠友》云："穷途姓字愁人问，快意文章怕俗夸。"又"棋每争先路，琴将避俗弹。"又《开封口号[六]》云："茫茫嵩洛镇乾坤，地势由来北极尊。为是翠华端拱[七]处，乱山不敢入中原。"《旅次》云："疏风官渡柳，残月店门霜。"《遣怀》云："恕我眼前惟白发，引人心事是青灯。"又《严寒》云："午茶浓似酒，冻雀[八]小于拳。"《醉后》云："不能买酒常驱仆，无处分梅却忆僧。"近体中千锤百炼之作也。其古体更神寒骨重，节古音遒，以集隘，未能具录。

注：

[一] 衿：音 lǐng，同"领"，指衣领，亦可指下裳；裙。

[二] 瑶池阿母乘青鸟：青鸟，上古传说中为西王母驱使的神鸟，后在古

诗词中经常喻为信使。《山海经》："三青鸟赤首黑目，一名大鵹，一名少鵹，一名青鸟。居三危之山。为西王母取食。"《汉武故事》："七月七日，上于承华殿斋，日正中，忽见有青鸟从西方来，集殿前。上问东方朔，朔对曰：'西王母暮必降尊象，上宜洒扫以待之。'……有顷，王母至。乘紫车，玉女夹驭，载七胜，青气如云，有二青鸟如鸾，夹侍王母旁。"

[三] 侍女如花驾羽轮：指西王母美丽的侍女赶着神鸟所驾的车。羽轮，传说由神鸟所驾的神车。葛洪《神仙传》"右瑶池，左翠水，环以弱水九重。洪涛万丈，非飙车羽轮不可到，王母所居也。"飙车：传说御风而行的神车。

[四] 十二神方能却老：十二神，上古传说中有十二神，说法多种，有相传与十天干、十二地支相应的十二个神，亦有分主十二方位之神，见于《山海经》《淮南子》《太平广记》等。

[五] 后宫偏死李夫人：李夫人，汉武帝宠妃，早逝，死后追封孝武皇后。此句讥讽汉武帝热衷神仙之事，但无法令自己的宠妃长生不老。

[六] 口号：指即兴作诗词，不打草稿，随口吟诵而出，也叫"口占"。

[七] 端拱：指帝王临朝庄重肃穆之态。

[八] 冻雀：寒天受冻的鸟雀。

（六四）

刘仲鸿于役[一]省门，以《红树山庄》近诗属为点定，摘录数四，以志良友虚怀之助。如《过岭》云："湖明双镜出，云拥万峰来。"《宝红寺》云："殿崇千佛古，茶熟一山香。"《西山》云："猿啸岩收雨，龙腥海有风。"《游秀山》云："落叶响僧屐，秋风森雁毛。"又："柏老翠逾活，松多声自寒。"《道中》云："斜阳催倦马，怪鸟不寒皋[二]。"《太华寺》云："白云绕足低能拾，明月当头近可呼。"《友居》云："红蕉一径午阴活，香草满庭春雨生。"《赠人》云："黄花三径客携酒，黄叶满床人著书。"《游兴》云："山色如将名画赏，松风时作古琴听。"《病中》云："剧怜儿废学，犹赖妇持家。"又："悟境闲中得，名心病后除"，皆清矫可诵。

注：

[一] 于役：因兵役、劳役或公务奔走在外。语出《诗经·王风·君子于役》："君子于役，不知其期。"

[二] 皋：通"皋"，指近水处的高地。

（六五）

戈醉山[一]仪部[二]为吾乡道光癸卯[三]解元。二十年前，余客蜀中，适醉山亦在成都，往还无虚日。今春应礼部试，醉山已擢员外郎矣，为余诵其《都中感怀》云："万里常怀滇海月，十年徒饱帝京尘。"有诗若干卷，拟窥全豹，以应试春官，未得暇也。

注：

[一] 待考。

[二] 仪部：明初礼部所属四部之一，亦用为礼部主事及郎中之别称。《明史·职官志一》："初，洪武元年置礼部。六年，设尚书一人，侍郎二人，分四属部：总部、祠部、膳部、主客部……二十二年改总部为仪部。"

[三] 道光癸卯：道光二十三年（1843）。

（六六）

癸酉[一]北上，顺德旅店有署款"铁汉子"者，题壁二句云："死当马革收奇骨，生怕龙钟负壮心。"语颇沉着可爱。又有楚竟陵[二]人淇笙氏题卢生祠云："一梦四十年，浮生一何暂。本来富贵虚，不止神仙幻。热客苦太多，先生欲谁唤。愿将一粒丹，普化黄粱饭。"均妙。柏乡店中有嘉禾女史张韵娟题壁云："瓦瓮尘榻理残妆，如此辛劳只为郎。回首鸳鸯湖畔在，一帘烟雨□焚香。"复有佩云女史一绝云:"鸳梦初回月满阶,鸡声容易动离怀。行装检点檀郎^[三]事,自剔银灯系绣鞋。"皆清丽可诵。

注:

[一]癸酉:同治十二年(1873)。

[二]楚竟陵:指湖北天门市。天门,古称竟陵。

[三]檀郎:妇女对夫婿或所爱慕男子之美称。西晋潘岳貌美,因小字为檀奴,世称"檀郎"。

(六七)

正定府^[一]店有砚斋题壁云:"卅六燕云^[二]被虏吞,中山^[三]原是古中原。英雄事业今谁在,只有风流雪浪盆^[四]。"

注:

[一]正定府:今河北正定县一带。

[二]燕云:燕指幽州,云指云州,后泛指华北区域。明代亦指京都地区。

[三]中山:春秋末白狄鲜虞人故城。《括地志》:"中山故城,一名中人亭,在定州唐县东北四十一里",位于今河北省唐县西北峭岭上。白狄鲜虞人自陕北、晋西迁入华北地区以后,在此建城。张曜《中山记》称:"中人城,城中有山,故曰中山。"自周敬王十四年(前506)起,鲜虞又称中山,一说中山国国号源于此。此后中人城一再遭到晋国攻击。周定王十六年(前453),被赵将新稚穆子破坏。周威烈王十二年(前414),中山武公弃中人城,建都于顾(今河北定县)。《史记·赵世家》有赵襄子灭中山之记载。

[四]雪浪盆:苏轼在河北定州任知州时,偶得一石,命名为雪浪石,并将书斋名为"雪浪斋",作有《雪浪石盆铭》及《雪浪石》诗。

(六八)

周素芳^[一],字馨秋,隶四喜部^[二],为都中名伶,上台时多自矜重，有浊世翩翩之态，余尝集句为赠云："托深心于毫素，苟余情共信芳。"周得之甚喜。

注：

［一］周素芳：生平不详。

［二］四喜部：清代乾隆年间北京剧坛四大徽班之一，三庆部、四喜部、春台部、和春部（又称"班"），多以安徽籍艺人为主，故名。四大徽班进京演出，为京剧诞生的开始。

（六九）

德化蔡太史梅庵，余二十年前蜀中相遇，极承奖许，为选拙作百余首，代刻于京师。甲戌春闱[一]下第，蔡亲身相访，招饮剧谈。复出《琴筑同声集》见赠，内刻余旧作四律，亦十余年前事。蔡眼疾，老惫且窘甚，余亦行橐萧然，出都时勉凑朱提[二]十金赠之，亦以报天涯知己之感云。

注：

［一］甲戌：同治十三年（1874）。春闱：会试。因在春季举行，故称春闱。

［二］朱提：音 shū shí，古地名，今属云南昭通。汉代置郡县，治所在今云南省昭通县境内，因盛产白银，汉时即在此设银矿，世称朱提银，享有盛名。《汉书·地理志上》："朱提，山出银。"《汉书·食货志下》记："朱提银重八两为一流，直一千五百八十，它银一流直千，是为银货二品。"后"朱提"亦用作银的代称。

（七〇）

弥勒[一]杨蔚文[二]，号澹园，举同治癸酉[三]拔萃科[四]。甲戌春闱遇于都门，以《红岩村人诗草》见示，为摘其尤者于此，以志文字因缘云。如《道中》云："水痕风意活，人语树声凉。"

《舟中》云："湿云裹水化，凉月楚山平。"皆隽。

注：

[一] 弥勒：今云南红河州下辖县级市。

[二] 杨蔚文：待考。

[三] 同治癸酉：同治十二年（1873）。

[四] 拔萃科：全称为"书判拔萃科"，与博学鸿词科、评判入等同为科举制科之一，唐代设置，属于长才类科目，考试更注重文辞。《容斋随笔·唐书判》云："既以书为艺，故唐人无不工楷法，以判为贵，故无不习熟，而判语必骈俪。"

（七一）

堂琅[一]彭柱臣[二]孝廉以所著《桐花斋诗钞》见示，时同春官报罢，为题三绝归之。彭诗主性灵，古体纯以气胜，集中如《杂感》云："事难如意且随命，妻亦笑狂何论人。"又："岂无血性酬知己，犹有童心等少年。"《秋郊》云："木凋山渐瘦，岸阔水初平。"《送人》云："交深惟有泪，情至转无词。"《舟中》云："风声落叶黄堆境，山色入江青扑舡。"《遣兴》云："病去身初健，家贫客到稀。"《感事》云："年荒犹有谷，世乱若无官。"《漫兴》云："风抽细笋穿林出，雨压新苔贴地平。"皆妙。尚有"山光绿上衣"五字，余尤爱之，累对未的，摘记于此。

注：

[一] 堂琅：秦汉时为古蜀国治县，今属云南昭通巧家县。

[二] 彭柱臣：彭启商，字柱臣，云南会泽人，同治癸酉（1873）举人，有诗名，著有《桐花斋诗钞》。

（七二）

甲戌秋南游，与同乡杨稚虹[一]明府[二]遇，推襟送抱，风雅绝伦。其先人虹舫^[三]先生以刑曹^[四]令吴，与余均出桑百俦师门下，铨青村，为乱军所害。夫人何氏^[五]知书，诣台鸣冤，卒得罪。人为文以祭，大吏上其事，故稚虹得以世职^[六]，擢大尹^[七]，令吴中。以余有通家谊，出其太夫人《餐菊轩诗》见示，且索为序，已脱稿归之矣。兹复出其历年来南中唱酬之集，高一尺许，客中展诵，美不胜收。略摘一二，以志文章结习，如陈亮采师古《客中》云："树深山月碎，沙起海风圆。"林味荪端仁《秋兴》云："偶检征衫寻旧泪，怕持明镜照衰颜。"钵池山农黄振均，天河也，《扬州一绝》云："名园胜地总凋零，酒伴吟朋散曙星。独有平山堂畔路，两三株柳向人青。"又有秋味病人知五，字马留，又字茧绪，《书怀》云："诗坛幸执新牛耳，画债难偿旧虎头。"又陆少葵《咏陈元龙》云："莽莽风云斗龙虎，纷纷田舍笑儿曹。"《咏王粲》云："宋玉悲秋工作赋^[八]，钟仪怀土易消魂^[九]。半生名借中郎重^[十]，旷代才兼七子论。"《昭明太子》云："凤翥龙翔天人表，笔海词林大雅才。"马茧绪《述怀》云："眼同秋月欢场白，心似秋花冷处红。"陈子奉《寄人》云："天上麒麟何物种，人间螺嬴^[十一]几生修。"均隽逸可诵也。

注：

[一] 杨稚虹：杨文斌，字稚虹，云南蒙自人，因父杨溥殉职，荫袭为奉贤知县，有《香海阁诗抄》，惜未传。

[二] 明府：县令的别称。

[三] 虹舫：杨溥，字虹舫，云南蒙自人，曾任剑川州训导，因协办迤西军务，累功保知县，历任江苏阳湖、奉贤知县，同治元年在任查拿游勇被戕，得朝廷追认。

[四] 刑曹：分管司法、刑事的官署或属官。

[五] 何氏："何氏"当为"伍氏"之误。指杨溥之妻名伍淡如，著有《餐菊轩诗草》。据诗集信息及杨文斌生平史料文献可知：伍淡如，祖籍湘中，其父为云南太和知县伍熊炳。伍淡如嫁杨溥为妻，杨溥于奉贤殉职后，伍淡如奔走

呼告，得朝廷赠谥和抚恤，孤儿寡母得以扶灵枢回乡。伍负诗名，其《餐菊轩诗草》在《清人诗文别集总目提要》、《八千卷楼书目》和《历代妇女著作考》等书中皆有著录。

[六] 世职：指世代承袭的职位。

[七] 大尹：汉代称郡太守为大尹，《汉书·王莽传》："改郡太守曰大尹。"明清时大尹为知县的别称。

[八] 宋玉悲秋工作赋：宋玉《九辩》中有悲秋之叹："悲哉！秋之为气也！萧瑟兮草木摇落而变衰。憭栗兮若在远行，登山临水兮送将归。沉寥兮天高而气清；寂寥兮收潦而水清。"后被视为文人悲秋之始祖。

[九] 钟仪怀土易消魂：钟仪，春秋时楚国琴师。楚、郑交战中，钟仪被郑国俘虏，献给晋国。晋景公闻其善琴，命弹奏。钟仪弹奏南方楚调，以示不忘故国。事见于《左传·成公九年》。

[十] 半生名借中郎重：建安七子之一的王粲少有才名，但因年少并貌丑，不为时人所重，当时大学者蔡邕为左中郎将，对他很是推崇，逢人即推荐，王粲的名声逐渐传开。《三国志·魏书·王粲传》："时邕才学显著，贵重朝廷，常车骑填巷，宾客盈坐。闻粲在门，倒屣迎之。"

[十一] 螺蠃：螺，腹足类动物，一般带壳。蠃，音luǒ，意为短毛的兽类。《周礼·地官·大司徒》："五曰原隰，其动物宜蠃物。"另有一意通"骡"，《汉书·霍去病传》："单于遂乘六蠃，壮骑可数百，直冒汉围西北驰去。"此处"螺蠃"与麒麟相对，借喻资质平凡而又不得志的自己。

（七三）

《香草庵》一卷，山阳[一]黄君（名均，字宰平）[二]所作也。君为杨君稚虹受授业师，尝出其集见示，为摘一二。如《宿香光楼》云："杯底烟波通海气，床头星斗照诗魂。"《和人》云："陶令[三]生于酒，钟期[四]死于琴。"《感怀》云："事业惭明镜，升平让古人。"《别徐州》云："匹马短刀寒日下，满天兵气出彭城。"《姑苏避灾》云："天明匍匐就墟墓，羡尔长眠泉下人。"《无题》云："欲通软语心先忖，怕触微嗔性未知。"《悼妓》云：

"金盒人间拜星斗，玉棺天上葬神仙。"《悼亡》云："先我长眠原是福，抛人中路太无情。千呼万唤无灵响，未必棺中信有人。"《道中》云："怒潮冲石语，高树逆天行。"

注：

[一] 山阳：今江苏省淮安市境内。（雪莲按：陕西、河南和江苏均有山阳县，因文中记黄君为杨稚虹授业师，杨稚虹父生前曾任江苏阳湖、奉贤知县，且死于壮年，可知杨稚虹少时应是随父仕宦于苏，受业于黄。）

[二] 黄君：待考。

[三] 陶令：指陶渊明，曾为彭泽令，嗜酒，《饮酒诗》二十首对后世文人影响深远。

[四] 钟期：即钟子期，春秋时期楚国人，樵夫。楚国音乐家伯牙在山间弹琴，钟子期偶然听到，对于琴曲中高山流水之意有着精到的理解，伯牙视为知音。钟子期死，伯牙不复鼓琴。后"高山流水"成为知音相逢的佳话。《列子·汤问》："伯牙鼓琴，志在高山，钟子期曰：'善哉，峨峨兮若泰山！'志在流水，钟子期曰：'善哉，洋洋兮若江河。'"伯牙所念，钟子期必得之。子期死，伯牙谓世再无知音，乃破琴绝弦，终身不复鼓。《吕氏春秋·本味篇》亦有相同记载。

（七四）

稚虹名文彬[一]，有《香海阁诗抄》若干卷，尝问序于余，为摘其尤。如《答人》云："作吏无能还有愧，读书有福不曾修。"又《秋兴》云："作吏幸逢明圣世，读书已负少年时。"《次韵》云："寒香绕屋梅千树，冷意侵人月半窗。"皆清隽可诵。

注：

[一] 文彬，当为"文斌"误，即第七二条"杨文斌"。据《（民国）新纂云南通志》卷一百二十四"庶政考四·荫袭"之"杨文斌"条。

（七五）

吴中以竹为腕枕[一]，精雅绝伦，作书时枕之，不虑行间墨沈[二]也。余为杨稚虹司马铭之云："妙手空空，虚心了了，曲肱而枕之，兼爱之宝。"

注：

[一] 腕枕：即臂搁，又称手枕，古人写字时用以搁置腕臂者，用于支撑腕臂，并可避免沾染墨迹，多用竹、木、象牙制成。

[二] 沈：shěn，汁。

（七六）

同治甲戌[一]，赴礼部试，日与户部简楠屏[二]诗酒过从，盖卅年前入泮[三]，同门友也。一日谓余曰："昨枕上得一断句，未偶，君为我成之，盖'客有名流主不凡'也。"余为叫绝。思"酒逢知己心先醉"七字，楠屏亦为叫绝。因以汉法书[四]作楹帖[五]赠之。今楠屏已归道山几十稔矣！每一忆及，辄为惘然。

注：

[一] 同治甲戌：同治十三年（1874）。

[二] 简楠屏：见卷下第五八条"简南屏"，此处"楠"当为"南"之误。

[三] 泮：音 pàn，指泮宫，古时国家高等学校，后泛指学宫。《礼记·王制》："大学在郊，天子曰辟雍，诸侯曰泮宫。"辟雍中央为高台建筑，四面环水，而诸侯泮宫等级逊于辟雍，仅三面环水（半圆环）。郑玄记曰："泮之言半也，半水者，盖东西门以南通水，北无也。"

[四] 法书，即法帖，学习书法之范本。北宋王安石《游土山示蔡天启秘校》有句："好事所传玩，空残法书帖。"

[五] 楹帖：即楹联。

（七七）

同治癸酉^[一]冬，余挈族入川，王公亮司马饯别以诗，赆^[二]内有"万首诗成归老境，一生眼冷爱奇书"之句，余愧不克^[三]当。然非相知之深者，不能为此语。公亮，故卅年前社友，诗极雄杰，《复雅堂集》中佳句美不胜收，今亦早归道山，余与乃弟^[四]子欣刺史同宦川中，子欣亦能诗，不输作者。

注：

[一] 同治癸酉：同治十二年（1873）。

[二] 赆：音 jìn，指送别时所赠财物。

[三] 不克：不能之意。《诗经·齐风·南山》："析薪如之何，匪斧不克。"郑玄笺："克，能也。"

[四] 乃弟：对他人弟弟的尊称。乃，古语中常用作第二、第三人称代词，表敬意和礼貌。曹操《蒿里行》："初期会盟津，乃心在咸阳。"

（七八）

大姚刘榘堂先生观察黔中^[一]，归后教授乡里，余与哲嗣^[二]喜农中书^[三]交，先生墓志皆出余手。因悉其在黔善政，尝有句云："捐将积俸七千两，救活濒危五万人。"盖纪实也。陈达庄先生亦观察黔中，归里为句云："争怪仆夫担不起，佳山佳水满奚囊^[四]。"其清节概可想见。哲嗣绪山大令有才而奇穷，于余有葭莩谊。两君皆遭故乡兵燹^[五]，未尝出仕，刘更不得其死，陈以贫病终，后人均不振。惜哉！

注：

[一] 观察黔中：观察，清朝道员之尊称。道员在清代为各省藩、臬二司

与府、厅中间一级的地方长官，布政司下设左右参政、参议，分理各道赋税财政，称"分守道"。按察司副使、金事分理各道刑狱司法，称"分巡道"。道员即为相应的称呼。如台湾兵备道。黔中，指贵州。

[二]哲嗣：对他人之子的尊称。哲有"智慧、美德"之意，"嗣"为承续。张居正《答司成姜凤阿》："儿曹寡学，幸与哲嗣同登，奕世之交，殆亦非偶。"清赵翼《六哀诗·汪文端公》："尚喜哲嗣贤，曳履云霄上。"

[三]中书：中书舍人简称。隋、唐时为中书省属官。明清废中书省，于内阁设中书舍人，掌撰拟、缮写之事。

[四]奚囊：指贮诗之袋。《全唐文》卷七百八十"李贺小传"："每旦日出，与诸公游，恒从小奚奴，骑钜驴，背一古破锦囊，遇有所得，即书投囊中。"（小奚奴：小书童之意；钜驴，瘦马。）后因称诗囊为"奚囊"。

[五]兵燹：燹，音 xiǎn，火、野火之意，多指兵火。兵燹意为因战乱而造成的焚烧破坏等灾害。始见于宋·张存《重刊埤雅序》："历世既久，悉毁于兵燹；间有遗编，多为世俗秘而藏之。"